Angela Sommer-Bodenburg

Der Fluch des Vampirs

Angela Sommer-Bodenburg

Der Fluch des Vampirs

Bertelsmann

Dieses Buch ist für
Burghardt Bodenburg,
meinen treuen Reisegefährten –
nicht nur durch Transsylvanien.

Angela Sommer-Bodenburg

Umwelthinweis:
Dieses Buch wurde auf chlorfrei gebleichtem
Papier gedruckt. Die Einschrumpffolie
(zum Schutz vor Verschmutzung)
besteht aus umweltschonender und
recyclingfähiger PE-Folie.

Gesetzt nach den Regeln der Rechtschreibreform

1. Auflage 1998

Lektorat: Kerstin Wendsche
Umschlagbild und Innenillustrationen: Jon Berkeley
Umschlagkonzeption: Klaus Renner
bm · Herstellung: Peter Papenbrok
Satz: Uhl + Massopust, Aalen
Druck: Graphischer Großbetrieb Pößneck
ISBN 3-570-12354-5
Printed in Germany

Inhalt

Wie damals bei Graf Dracula

Es war Sonntagmorgen und Gregor saß mit seiner Mutter im Auto, um Onkel Vladi vom Bahnhof abzuholen.

»Warum wolltest du eigentlich unbedingt, dass ich mitfahre?«, fragte Gregor unzufrieden.

Er kannte diesen merkwürdigen Onkel Vladi aus Transsylvanien überhaupt nicht! Und seine Mutter hatte Onkel Vladi das letzte Mal vor dreißig Jahren gesehen …

»Weil ich verhindern möchte, dass Onkel Vladi gleich zu Beginn einen schlechten Eindruck von dir bekommt«, antwortete sie.

»Du meinst, es ist besser, wenn Onkel Vladi den schlechten Eindruck von mir erst später bekommt?«

»Das Beste wäre, wenn er überhaupt keinen schlechten Eindruck bekäme«, sagte sie. »Aber anscheinend hast du beschlossen, uns allen die Stimmung zu verderben.«

»Habe ich nicht!«

»Warum bist du dann so ablehnend Onkel Vladi gegenüber?«

»Ich bin kein bisschen ablehnend«, behauptete Gregor.

Nach einer Pause fragte er: »Hast du überhaupt keine Angst?«

»Wovor sollte ich Angst haben?«

«Vor Onkel Vladi! Im Prinzip kennst du ihn doch überhaupt nicht.«

»Zu Anfang wird er uns sicherlich ein wenig fremd sein«, gab seine Mutter ihm Recht. »Aber das wird sich schnell ändern. Immerhin ist Onkel Vladi ein direkter Verwandter von uns.«

»So direkt nun auch nicht ...«, widersprach Gregor.

»O doch! Die Mutter von Onkel Vladi und meine Großmutter – deine Urgroßmutter – waren Schwestern.«

»Jedenfalls ist er nicht *mein* Onkel.«

»Genau genommen ist er dein Großonkel. Aber auch ein Großonkel ist ein Onkel.«

»Nur komisch, dass ich bisher noch nie etwas von diesem Onkel hatte«, bemerkte Gregor.

»Die Menschen in Transsylvanien sind viel zu arm, um Geschenke zu machen«, entgegnete sie.

Aber reich genug, um Fahrkarten zu kaufen!, dachte er.

Laut fragte er: »Hast du nicht etwas von einem großen Haus gesagt, das Onkel Vladi gehört?«

»Es ist ein sehr altes Haus«, erklärte sie. »Und mit Sicherheit hat Onkel Vladi keine Zentralheizung wie wir, keine Waschmaschine, keinen Trockner und erst recht keine Geschirrspülmaschine.«

»Ich glaube nicht, dass Onkel Vladi wegen der Zentralheizung und der Geschirrspülmaschine herkommt«, warf Gregor ein.

»So? Und weshalb dann?«

»Ich vermute, es ist derselbe Grund wie damals bei Graf Dracula!«

»Und welchen Grund soll Graf Dracula gehabt haben?«

»Das müsstest du eigentlich viel besser wissen als ich. Immerhin bist du die Bibliothekarin!«

»Eine Bibliothekarin ist nicht verpflichtet, jedes einzelne Buch in ihrer Bibliothek zu lesen«, belehrte sie ihn. »Das gilt insbesondere für Bücher wie *Dracula*, die keinen literarischen Wert haben, sondern nur der Unterhaltung dienen.«

»In *Dracula* steht aber ziemlich viel über die Geschichte Rumäniens und Transsylvaniens!«

»Ach, daher ...« Seine Mutter warf ihm durch den Rückspiegel einen missbilligenden Blick zu. »Jetzt weiß ich, woher du deine Vorurteile gegenüber Onkel Vladi hast!«

»Wieso? Sagst du nicht immer, ich soll Bücher lesen?«

»Schon. Nur darfst du nicht alles glauben, was in Büchern steht. Wie ich dir bereits des Öfteren erklärt habe, unterscheiden wir zwischen Fiktion – das heißt ausgedachten Geschichten – und Nonfiktion – das sind Geschichten, die auf Tatsachen beruhen. – Im Übrigen gefällt es mir gar nicht, dass du eine Verbindung zwischen Onkel Vladi und Graf Dracula herstellen willst«, ergänzte sie.

»Findest du es etwa nicht auffällig, dass Graf Dracula und Onkel Vladi beide aus Transsylvanien stammen, noch dazu aus derselben Stadt?«

»Graf Dracula soll aus Bistritz stammen?«, sagte sie zweifelnd. »Meines Wissens lebte er in einem verfallenen Schloss auf einem wilden Bergpass in den Karpaten!«

»Ja, auf dem Borgo-Pass«, erklärte Gregor. »Und Bistritz ist die nächstgelegene Stadt!«

»Tatsächlich?«

»Ja! Und Jonathan Harker übernachtete in Bistritz, im Hotel zur Goldenen Krone.«

»Welcher Jonathan Harker?«

»Der im Buch.«

Gregors Mutter gab einen Seufzer von sich. »Wie ich dir gerade sagte, darfst du nicht alles glauben, was in Büchern steht. Dracula mag wie ein historischer Bericht geschrieben sein. Aber die Personen der Geschichte sind frei erfunden.«

»Sind sie nicht. Zumindest nicht Graf Dracula«, stellte Gregor richtig. »Er war ein rumänischer Fürst, der seine Feinde auf Holzpflöcke aufspießte. Deshalb hatte er den Beinamen Tepes, das bedeutet: der Pfähler.«

»Brr!«, machte seine Mutter. »Steht das etwa auch in dem Buch?«

»Nein. Das hat mir Robert erzählt.«

»Der Vampir-Robert?«

»Ja.«

Robert besuchte dieselbe Klasse wie Gregor. Er interessierte sich geradezu fanatisch für alles, was mit Vampiren zusammenhing. Deshalb hatte Gregors Mutter ihm den Spitznamen Vampir-Robert gegeben.

»Und weißt du, wie Graf Dracula mit Vornamen hieß?«, fuhr Gregor fort.

»Nein.«

»Er hieß Vlad!«

»Vlad?«

»Ja! Vladi und Vlad! Fällt dir daran auch nichts auf?«

»Was sollte mir daran auffallen?«, entgegnete sie. »Menschen können denselben Vornamen haben und trotzdem völlig verschieden in ihrem Charakter sein.«

»Menschen vielleicht ...«, sagte Gregor. In Gedanken fügte er hinzu: Aber Vampire nicht!

Eine Pause entstand.

»Du hast übrigens auch Vorurteile in Bezug auf Onkel Vladi«, bemerkte er dann.

»Und welcher Art sollten die sein?«

»Zum Beispiel glaubst du, dass Onkel Vladi ein netter älterer Herr ist, dass man ihm vertrauen kann, dass er gute Manieren hat und dass er nicht stiehlt oder irgendwelche anderen schlimmen Sachen macht.«

Seine Mutter stieß einen entrüsteten Laut aus. »*Du* glaubst also, dass man Onkel Vladi nicht vertrauen kann, dass er schlechte Manieren hat und dass er stiehlt?«

»Nein. Ich wollte lediglich sagen, dass du Onkel Vladi auch nicht richtig kennst. Jedenfalls nicht den Onkel Vladi von heute.«

»Ja, und aus diesem Grund haben wir ihn zu uns eingeladen!«, antwortete sie in gereiztem Ton. »Damit wir uns gegenseitig kennen lernen!«

Sie bremste, weil sie beinahe die Einfahrt zum Parkplatz verpasst hätte.

»Und nun sollten wir uns auf Onkel Vladi freuen!«, erklärte sie, nachdem sie den Wagen geparkt hatte. »Immerhin hat er die Strapazen der langen Fahrt nur unseretwegen auf sich genommen!«

Gregor gab keine Antwort. Stumm gingen sie nebeneinanderher, bis sie den Bahnhof erreicht hatten. In der Bahnhofshalle blieb Gregors Mutter plötzlich stehen.

»Gregor«, sagte sie, »ich habe Onkel Vladi doch nicht eingeladen, damit du und ich in Streit geraten. Im Gegenteil. Ich dachte, dass wir beide uns wieder besser verstehen würden, wenn Onkel Vladi erst einmal bei uns wohnt.«

»Was hat denn Onkel Vladi damit zu tun, wie wir uns verstehen?«

»Er hat nicht unmittelbar etwas damit zu tun. Aber ich weiß ja, wie sehr dir Papa fehlt!«

Gregors Eltern hatten sich vor einem Jahr scheiden lassen. Einen Monat später war sein Vater nach London gezogen, wo die Bank, für die er arbeitete, ihren Hauptsitz hatte.

»Und selbst wenn Papa mir fehlt«, sagte Gregor, »Onkel Vladi kann ihn mir nicht ersetzen!«

»Selbstverständlich nicht«, versicherte seine Mutter. »Onkel Vladi soll auch kein Ersatzvater für dich sein, sondern eine Art väterlicher Freund. – Und nun müssen wir uns beeilen«, fügte sie nach einen Blick auf ihre Armbanduhr hinzu. »Onkel Vladis Zug ist gerade eingelaufen!«

Onkel Vladi

Auf der Rolltreppe fragte Gregor: »Wie willst du Onkel Vladi eigentlich erkennen? Du hast doch gar kein Foto von ihm, oder?«

»Nein. Aber ich habe ihm Fotos von *uns* geschickt«, antwortete sie. »Und im Übrigen verlasse ich mich auf die Familienähnlichkeit.«

»Die Familienähnlichkeit?«

»Ja. In jeder Familie gibt es bestimmte Merkmale, die sich von Generation zu Generation vererben. Wir haben zum Beispiel diese charakteristische lange Nase mit dem leicht gebogenen Nasenrücken.«

»Wir?« Zweifelnd berührte Gregor seine eigene Nase, die ihm eher kurz vorkam.

»Deine Nase wächst noch«, sagte sie.

»Hoffentlich nicht!«

Aber dann erkannten sie Onkel Vladi auch ohne Foto und noch bevor sie sehen konnten, ob er tatsächlich die angeblich so charakteristische Nase hatte. Der Mann in dem schwarzen Wollumhang, mit dem altertümlichen schwarzen Hut, der eine uralt aussehende Ledertasche in der Hand hielt und zwei riesige schwarze Koffer neben sich stehen hatte, konnte niemand anders als Onkel Vladi sein!

Zwischen seinen Mitreisenden, die passend zum Frühlingswetter leichte Trenchcoats oder Jacken trugen, wirkte er, als käme er aus einer anderen Welt. Aber er war ja auch in einer anderen Welt zu Hause: der Welt *jenseits der Wälder*, denn das bedeutete der Name *Transsylvanien*!

Jetzt hob Onkel Vladi die Hand und winkte ihnen zu. Doch Gregors Mutter rührte sich nicht. Der Anblick, den Onkel Vladi bot, musste sie ziemlich aus der Fassung gebracht haben. Onkel Vladi winkte noch einmal und diesmal winkte Gregors Mutter zurück. Dann gab sie sich einen Ruck und ging auf ihn zu. Gregor folgte ihr.

Als sie Onkel Vladi erreicht hatten, zog er seinen Hut und sagte: »Bevor wir uns begrüßen, möchte ich dir, liebe Erika, meinen innigsten Dank für deine Einladung aussprechen!«

Seine Stimme war tief und rau und er rollte das »r« wie Bela Lugosi in den alten Vampirfilmen.

»Ja ...« Gregors Mutter lachte verlegen.

Onkel Vladi drückte sie an sich. »Wie viel Wasser musste die Borgoer Berge hinab ins Tal fließen bis zu unserem Wiedersehen!«

Er war verhältnismäßig groß und hager. Seine Haare waren schwarz, schulterlang und leicht gelockt. Er hatte eine große, gerade Nase, die keinerlei Ähnlichkeit mit der Nase von Gregors Mutter aufwies, und eine auffallend blasse Haut.

Ungewöhnlich intensiv war der Blick seiner grauen Augen. Gregor spürte, wie ihm ein eisiger Schauer den Rücken herunterlief. Er war jetzt ganz sicher, dass es sich bei Onkel Vladi um einen Vampir handelte – und zwar um einen jener besonders gefährlichen Vampire, von denen ihm Robert erzählt hatte.

Diese Vampire führten nach Roberts Auskunft scheinbar das Leben ganz normaler Menschen und konnten sogar an die Sonne gehen.

»Und unser Gregor hier …«, sagte Onkel Vladi nun. »Sieht er nicht aus wie das blühende Leben selbst?«

Gregor zuckte zusammen. Hastig wich er einen Schritt zurück, um einer möglichen Umarmung zu entgehen.

Doch Onkel Vladi machte keine Anstalten, ihm zu nahe zu treten.

»Ich mag es, wenn jemand nicht gleich mit fliegenden Fahnen zum Feind überlauft«, bemerkte er.

»Zum Feind?«, wiederholte Gregor.

»Die Feindschaft des Weisen ist besser als die Freundschaft des Toren«, sagte Onkel Vladi mit einem Augenzwinkern.

Gregors Mutter räusperte sich. »Gregor hat die Trennung von seinem Vater noch nicht verarbeitet. Nach der

Scheidung ist er übervorsichtig geworden, was neue Kontakte betrifft.«

»Das interessiert Onkel Vladi bestimmt nicht!«, entgegnete Gregor.

»O doch! Je mehr Onkel Vladi über unsere besondere Situation weiß, desto besser werden wir uns gegenseitig verstehen.«

»Vorsicht und Misstrauen können durchaus von Nutzen sein«, erklärte Onkel Vladi. »Wie heißt es doch so zutreffend: In wichtigen Dingen sei auf deiner Hut, denke immer an die Gefahr; wer nichts fürchtet, wird von der Gefahr überrascht.«

»Genau!«, stimmte Gregor zu.

»Wir sollten jetzt gehen«, sagte seine Mutter. »Warum nimmst du nicht Onkel Vladi die Tasche ab?«

»Nie und nimmer!«, erwiderte Onkel Vladi mit unerwarteter Schroffheit und drückte die Tasche an sich.

Dann, als hätte er gemerkt, dass er zu heftig reagiert hatte, fügte er hinzu: »Ich weiß eure Hilfsbereitschaft zu schätzen. Aber meine Tasche gebe ich niemals aus der Hand.«

Argwöhnisch musterte Gregor die dunkelbraune Ledertasche, die ihn an die großen alten Hebammenkoffer erinnerte, die man auf Flohmärkten oder in Trödelläden finden konnte. Was mochte Onkel Vladi darin verbergen? Vielleicht eine Sammlung von Messern und Rasierklingen, damit er bei seinen Opfern schneller zum Ziel kam?

Als hätte Onkel Vladi seine Gedanken gelesen, sagte er: »Ein Mann, der recht zu wirken denkt, muss auf das beste Werkzeug halten!«

»Oh, du hast dein eigenes Werkzeug mitgebracht!«, freute sich Gregors Mutter. »Ist das nicht wunderbar für dich?«, wandte sie sich an Gregor.

»Wieso für mich?«

»Weil ihr dann zusammen basteln könnt! Dein Vater hatte ja nie Zeit, um mit dir Segelschiffe oder Flugzeuge zu bauen.«

»Ich fürchte, in dieser Hinsicht muss ich euch enttäuschen«, sagte Onkel Vladi. »Ich bin kein Bastler, leider.«

»Und wofür brauchst du dann dein Werkzeug?«

»Es dient meinen Forschungen.«

»Deinen Forschungen?«

»Ja!« Offenbar wollte Onkel Vladi nicht mehr verraten, denn er klemmte sich die Tasche unter den Arm und nahm in jede Hand einen Koffer. »Gehst du voraus, Erika?«

»Sind die Koffer nicht zu schwer?«, wandte sie ein.

»Nicht für mich«, antwortete er.

Nachdem sie die beiden Koffer mit einiger Mühe im Auto verstaut hatten, schlug Gregors Mutter vor, noch irgendwo einzukehren.

»Du bist bestimmt halb verhungert«, sagte sie zu Onkel Vladi.

»Nicht im Geringsten«, antwortete er. »Ich habe bereits im Zug etwas zu mir genommen.«

Gregor spürte einen kalten Schauer. »Etwas zu mir genommen ...« – aus dem Mund von Onkel Vladi bekamen diese Worte eine ganz neue, gruselige Bedeutung!

»Wahrscheinlich ist Onkel Vladi nur durstig«, meinte er.

»Du hast Recht, ich *bin* durstig!«, sagte Onkel Vladi.

»Möchtest du, dass wir in ein nettes Lokal gehen und dort etwas trinken?«, fragte seine Mutter.

»Wenn es dir nichts ausmacht, würde ich lieber gleich zu euch nach Hause fahren«, antwortete Onkel Vladi. »Ich bin, ehrlich gesagt, schon rechtschaffen neugierig.«

»Selbstverständlich macht es mir nichts aus. Ich habe auch bereits ein Bier für dich kalt gestellt.«

»Ich trinke kein … ähem … Bier.«

»Nicht? Und ich dachte, Bier wäre sozusagen euer Nationalgetränk in Transsylvanien.«

»O nein. Wir lieben den Rebensaft!«

»Wahrscheinlich den roten«, warf Gregor ein.

»In der Tat. Den rubinroten Rebensaft mit dem erdigen Geschmack!«

»Das ist mir wirklich sehr unangenehm«, sagte Gregors Mutter. »Aber ich habe überhaupt keinen Rotwein vorrätig. Wärst du vielleicht auch mit einem Orangensaft zufrieden?«

»Wenn du ein paar *Blut*orangen auspresst …«, antwortete Gregor an Onkel Vladis Stelle.

»Du weißt genau, dass wir keine Blutorangen haben!«, erwiderte sie.

»Meinetwegen braucht ihr euch keine Umstände zu machen«, erklärte Onkel Vladi. »Ich bin mit dem zufrieden, was ihr im Haus habt.«

»Das glaube ich«, sagte Gregor und er schlug demonstrativ den Kragen seines Polohemds hoch.

Friedhöfe sind voller Geheimnisse

Auf der Fahrt nach Hause hielten sie immer wieder an, weil Gregors Mutter Onkel Vladi auf irgendwelche Sehenswürdigkeiten hinweisen wollte.

Meistens waren es aber nur Schulen oder Amtsgebäude.

Als sie schon fast zu Hause waren, stoppte sie ein weiteres Mal.

»Und dies ist unsere Kirche!«, sagte sie.

»Aha«, machte Onkel Vladi. Für Kirchen schien er wenig übrig zu haben. Aber das hatte Gregor nicht anders erwartet.

»Sie wurde um die Jahrhundertwende erbaut, nachdem

ein Feuer die alte Kirche zerstört hatte«, berichtete Gregors Mutter.

»Ein Feuer hat die Kirche zerstört?«

Sie nickte. »Nur der Friedhof blieb erhalten. Er ist übrigens sehr bemerkenswert.«

»Und was ist an ihm so bemerkenswert?«

»Der gesamte Friedhof ist von einer Steinmauer umschlossen. Dann gibt es noch die Alleen, das Rondell in der Mitte … Ja, und einige recht beachtliche Werke der Grabbildhauerei des 18. und 19. Jahrhunderts.«

»Dürfte ich fragen, um was für Werke es sich handelt?«

»Es sind Skulpturen von Engeln, trauernden jungen Frauen und Kindern. Am ungewöhnlichsten sind die geheimnisvollen, in ihre Grabtücher gehüllten Figuren vor der Engelmann'schen Gruft.«

Onkel Vladi schnappte hörbar nach Luft. »Sagtest du: ›Engelmann'sche Gruft‹?«

»Ja!«, bestätigte Gregors Mutter. »Kennst du sie?«

»Nein. Aber ich habe über sie gelesen«, antwortete er mit rauer Stimme. »Ich hätte nicht gedacht, dass die Engelmann'sche Gruft in eurer unmittelbaren Nachbarschaft ist!«

»Sie ist tatsächlich nicht sehr weit von unserem Haus entfernt. Und was hast du über sie gelesen?«

»Dass sie einen … nun … sehr düsteren Ruf hat.«

»Sie hat einen düsteren Ruf? In welcher Hinsicht?«

»Das wurde in dem Buch leider nicht näher ausgeführt.«

»Hm, seltsam«, sagte sie. »Mir ist davon nichts bekannt.«

Gregor überlegte, ob Onkel Vladi mit dem »düsteren Ruf« der Engelmann'schen Gruft dasselbe meinen könnte wie Robert, der ihm erzählt hatte, die Eingangstür zur Gruft sei mit einem Fluch belegt. Jedenfalls fand Gregor die Gruft und die beiden verschleierten Figuren immer sehr unheimlich, wenn er daran vorbeikam.

»Dann interessierst du dich für Familiengruften?«, fragte seine Mutter.

»Ja.« Eine plötzliche Unruhe hatte Onkel Vladi ergriffen. »Wäre es möglich, dass wir aussteigen?«, bat er.

»Aussteigen?«, wiederholte sie überrascht.

»Ja. Ich würde mir die Engelmann'sche Gruft gern ansehen!«

»Ist es denn *so* eilig?«, erwiderte sie.

»Eigentlich nicht.« Onkel Vladi räusperte sich.

»Aber vielleicht können wir uns die Engelmann'sche Gruft heute Abend ansehen?«, schlug er vor. »Für einen Friedhofsbesuch empfiehlt sich ohnehin die Dämmerstunde!«

»Um die Zeit ist der Friedhof bestimmt nicht mehr geöffnet«, antwortete Gregors Mutter.

Sie deutete auf den stattlichen, aus Backsteinen gemauerten Haupteingang. Er war von einem kleinen Walmdach gekrönt und hatte zwei Durchlässe: einen schmalen für Fußgänger und einen breiteren für Fahrzeuge.

»Sobald es dunkel wird, schließt der Verwalter die Pforten ab.«

»Bei euch in Deutschland werden nachts die Friedhöfe abgeschlossen?«, wunderte sich Onkel Vladi.

»Ja!«

»Und warum?«

»Aus Sicherheitsgründen.«

»Aus Sicherheitsgründen?« Onkel Vladi gab ein kurzes, bellendes Lachen von sich.

»Was findest du daran so lustig?«, sagte sie betreten.

Sogleich wurde er wieder ernst. »Entschuldige bitte. Aber in meinen Augen ist es vollkommen nutzlos, Friedhöfe nachts abzuschließen!«

»Hältst du es etwa für richtig, wenn sich zwielichtige Gestalten ungehindert zwischen den Gräbern herumtreiben können?«

»Nein. Die Frage ist nur, ob ein verschlossenes Tor Schutz vor diesen – ähm – zwielichtigen Gestalten bietet.«

»Sie können natürlich auch über die Mauer klettern ...«

»... oder fliegen«, ergänzte Gregor, was ihm einen forschenden Blick von Onkel Vladi eintrug.

»Trotzdem!«, sagte seine Mutter. »Die meisten wird ein verschlossenes Tor abschrecken!«

»Ja, die meisten wohl«, stimmte Onkel Vladi zu.

»Vielleicht möchte Gregor mich morgen früh zur Engelmann'schen Gruft begleiten?«, fragte er dann.

Gregor erschrak. »Ich? Hast du nicht gerade gesagt, man geht am besten im Dunkeln auf den Friedhof?«, wehrte er ab.

»Schon. Aber wir wollen uns ja nur einen ersten Eindruck von der Gruft verschaffen!«

»Das wird nicht möglich sein«, entgegnete Gregors Mutter.

»Und weshalb nicht?«

»Gregor hat morgen früh Schule.«

»Dann verschieben wir es auf den Nachmittag«, sagte Onkel Vladi.

»Ich wollte morgen mit euch in den Zoo fahren«, antwortete sie. »Ich habe mir extra einen Tag freigenommen.«

Onkel Vladi kratzte sich am Kinn. »Auf keinen Fall möchte ich undankbar erscheinen, Erika. Aber den Zoo würde ich gern später besuchen.«

»Wie du willst«, sagte sie.

»Habe ich dich jetzt gekränkt?«, fragte er.

»Nein«, behauptete sie. »Ich kann den freien Nachmittag sehr gut für mich gebrauchen – für all die Dinge, die sonst immer liegen bleiben.«

Sie trat auf das Gaspedal und mit einem Ruck fuhr der Wagen an.

»Falls es dir nicht recht ist, dass Gregor mich zur Engelmann'schen Gruft begleitet, gehe ich selbstverständlich allein«, sagte Onkel Vladi.

»Ich möchte aber mitgehen«, erwiderte Gregor.

In der Zwischenzeit hatte er sich überlegt, dass ihm am helllichten Tag eigentlich nichts passieren konnte.

Onkel Vladi nickte zufrieden. »Du wirst es nicht bereuen«, versprach er. »Friedhöfe sind voller Geheimnisse, die es zu lüften gilt!«

Gregors Mutter warf ihm einen befremdeten Blick zu, sagte aber nichts.

Transsylvanische Edeltropfen

Fünf Minuten später kamen sie vor dem Haus an, in dem Gregor und seine Mutter wohnten.

»Das ist aber ein nettes kleines Häuschen«, meinte Onkel Vladi.

»Es sieht nur von außen klein aus«, entgegnete sie. »Innen ist es recht groß.«

»Ach, wirklich?«

»Es ist sogar *zu* groß«, warf Gregor ein.

»Zu groß?«, sagte seine Mutter.

»Ja! Sonst hätten wir doch gar keinen Platz für …« – er suchte nach dem passenden Wort – »… für Hausgäste.«

»Gäste?« Seine Mutter blickte ihn mit gerunzelter Stirn an. »Onkel Vladi ist kein Gast. Er ist Teil der Familie!«

»Vielen Dank«, sagte Onkel Vladi.

»Gregor gefällt es nicht, dass du in dem ehemaligen Büro seines Vaters wohnen wirst«, erklärte sie.

»Ja. Weil du versprochen hast, dass wir aus Papas Büro ein Spielzimmer machen – mit einer Tischtennisplatte und später vielleicht einem Billardtisch«, erinnerte Gregor sie.

»Das war, bevor wir Onkel Vladi zu uns eingeladen haben.«

»Wir?«, sagte Gregor.

Onkel Vladi räusperte sich. »Wenn es für Gregor das Büro seines Vaters ist, sollten wir daran nichts ändern, Erika. Es wäre nicht gut, wenn er das Gefühl bekommt, dass ich ihm etwas wegnehme.«

»Aber er ist in einem Alter, in dem nicht mehr alles nach *seinem* Willen geht«, erwiderte sie. »Und in diesem Fall kann er etwas sehr Wichtiges lernen: dass man aus schwierigen Situationen, wenn man sie erst einmal gemeistert hat, gestärkt und bereichert hervorgeht.«

»Amen!«, knurrte Gregor.

Er schloss die Haustür auf und ging zur Treppe. Sein Zimmer lag im ersten Stock. Als er oben angekommen war, schlug er die Tür mit einem Knall hinter sich zu. Eine Dreiviertelstunde verstrich. Gregor lag auf dem Bett, hörte Musik und las. Dann klopfte es an der Tür.

»Gregor?« Das war die Stimme seiner Mutter.

»Was ist?«

»Onkel Vladi bittet dich, ins Wohnzimmer zu kommen.«

»Und wieso?«

Die Tür wurde geöffnet und sie trat ein. Verwundert sah er, dass sie ihr neues dunkelblaues Kostüm angezogen hatte.

»Onkel Vladi möchte dir etwas überreichen.«

»Und was?«, fragte er argwöhnisch.

»Es soll eine Überraschung sein.«

»Überrascht werden mag ich nur an meinem Geburtstag und zu Weihnachten«, brummte er.

»Sei doch nicht so negativ!«

»Ich bin nicht negativ«, antwortete er. »Ich halte mich nur an Onkel Vladis Worte: ›Sei immer auf der Hut!‹«

»Wir erwarten dich dann im Wohnzimmer«, sagte sie.

»Ja …« Seufzend erhob er sich.

»Und zieh dir etwas Nettes an, bevor du herunterkommst.« Damit ging sie wieder.

Gregor musterte sich. Er fand sich sehr »nett« in seinen Jeans und dem Polohemd. Aber da er keinen Streit heraufbeschwören wollte, vertauschte er sein Polohemd gegen ein blaues Sweatshirt.

Onkel Vladi stand vor der Bücherwand, als Gregor das Wohnzimmer betrat. Bei Onkel Vladis Anblick stockte Gregor der Atem: In seinem schwarzen Anzug, dem weißen Hemd, mit der silbernen Krawatte und mit seinem straff zurückgekämmten Haar sah er wie Graf Dracula persönlich aus …

Onkel Vladi deutete auf die beide Päckchen, die auf dem Tisch lagen. Sie waren in Goldfolie eingepackt und mit roten Schleifen umwickelt.

»Wie wäre es, wenn du mit Auspacken anfängst, Gregor?«

»Nein, ich kann warten«, erwiderte er.

»Gut, dann fange ich an.« Gregors Mutter griff nach dem kleinen Päckchen.

»Halt! Das ist für Gregor«, rief Onkel Vladi.

Betroffen sah sie ihn an.

Onkel Vladi reichte ihr das große Päckchen. »Ich möchte, dass jeder von euch das richtige Geschenk bekommt!«

Zu Gregors Verwunderung öffnete sie es nicht, sondern wog es prüfend in ihren Händen.

»Schwer«, meinte sie.

»Es ist ein antikes Stück«, erklärte Onkel Vladi.

»Oh, antik ...« Mit besonderer Sorgfalt löste sie zuerst die Schleife und danach die Goldfolie. Eine in schwarzes Seidenpapier gehüllte Figur kam zum Vorschein, von der Gregor jedoch nur die Umrisse erkennen konnte.

»Außerdem ist er gefüllt«, sagte Onkel Vladi.

»Er?«

»Ja. Graf Weingeist!«

Gregors Mutter entfernte das Seidenpapier – und schrie auf. Onkel Vladis Geschenk war ... ein Skelett!

Rasch, als würde ihr die Berührung körperliches Unbehagen bereiten, stellte sie die Figur auf den Tisch zurück.

»Gefällt er dir?«, fragte Onkel Vladi.

»Doch, ja ...«

»Er ist ein wenig gewöhnungsbedürftig, ich weiß«, gab Onkel Vladi zu. Die Figur war aus bemaltem Porzellan und ungefähr zwanzig Zentimeter hoch. Beim genauen Hinsehen erkannte Gregor nun auch, wie Onkel Vladi auf den Namen »Graf Weingeist« gekommen war: Das Skelett thronte auf einem Weinfass und war sehr elegant mit einem weißen Stehkragen, einer roten Fliege und einem um die

Hüften geschlungenen Leichentuch bekleidet. Im Übrigen schien es ein »gebildetes« Skelett zu sein, denn es hielt ein aufgeschlagenes Buch in seinen knochigen Händen.

Liebevoll hob Onkel Vladi die Figur vom Tisch auf.

»Guter alter Graf Weingeist«, sagte er. »Und Erika weiß noch gar nicht, was du in deinem Innern für sie bereithältst.«

Er gab ihr die Figur. »Keine Angst. Graf Weingeist beißt nicht.«

Graf Weingeist nicht …, dachte Gregor.

»Ich bin nur besorgt, dass ich die Figur zerbrechen könnte«, behauptete seine Mutter. »Immerhin ist sie, wie du sagst, ein antikes Stück.«

»Deswegen brauchst du dir keine Gedanken zu machen«, beruhigte Onkel Vladi sie. »Graf Weingeist ist ein robuster Geselle. Man darf ihm sogar die Ohren lang ziehen.«

»Die Ohren lang ziehen?« Voller Abscheu musterte sie die Figur. »Aber … er hat ja gar keine Ohren!«

»Ich meine es im übertragenen Sinne«, erklärte Onkel Vladi. »Um die Schätze zu heben, die im Innern von Graf Weingeist verborgen sind, muss man an seinem klugen Köpfchen ziehen.«

»Ich soll an seinem Kopf ziehen?«

»Nur wenn du möchtest. Andernfalls werde ich es tun.«

»Ja, bitte!« Erleichtert gab sie ihm die Figur zurück.

Ein *Plopp!* war zu hören – dann hielt Onkel Vladi den Kopf der Figur in seiner Hand.

Überrascht sah Gregor, dass der Hals aus einem Korken bestand.

»Es ist eine Flasche«, sagte er.

»Graf Weingeist ist Graf Weingeist«, antwortete Onkel Vladi. »Insofern zögere ich, den Allerweltsbegriff ›Flasche‹ für ihn zu verwenden. Vor allem angesichts seines Innenlebens.«

»Riechst du es?«, wandte er sich an Gregors Mutter. »Ah, dieses Aroma ...« Er schloss die Augen. »So duften nur meine transsylvanischen Edeltropfen«, schwärmte er, indem er die Augen wieder öffnete.

Sie räusperte sich. »Sehr ... ähem ... würzig.«

Gregor roch nichts. Aber er hatte einen leichten Schnupfen.

»Dann sollten wir nun anstoßen«, sagte Onkel Vladi.

Gregors Mutter ging an den Schrank und kehrte mit zwei Likörgläsern zurück.

»Das sind exakt die richtigen Gläser«, erklärte Onkel Vladi. »Bei meinen Transsylvanischen Edeltropfen handelt es sich um eine Spezialauslese, die ich nach einem alten Rezept selbst herstelle. Sie sind so hoch konzentriert, dass man nur wenig davon trinken darf.«

Er füllte die Gläser zu einem Drittel mit der tiefroten Flüssigkeit.

»Es tut mir aufrichtig Leid, dass du nicht mit uns anstoßen kannst, Gregor«, sagte er und reichte Gregors Mutter ein Glas. »Aber für einen jugendlichen Organismus sind sie auf keinen Fall zu empfehlen.«

»Mir macht das nichts aus«, versicherte Gregor. Er hätte die Transsylvanischen Edeltropfen sowieso nicht getrunken.

»Auf unsere Wiedervereinigung, Erika!« Onkel Vladi

setzte sein Glas an die Lippen und andächtig trank er es bis zum letzten Tropfen leer.

Gregors Mutter nahm nur einen winzigen Schluck und begann zu husten.

»Sie sind wirklich sehr konzentriert!«, meinte sie.

»Nicht wahr?«, freute sich Onkel Vladi, der ihre Bemerkung anscheinend als Kompliment verstand. »Möchtest du, dass ich dir noch nachschenke?«

»Danke, nein!«, wehrte sie ab.

»Dann sollten wir Graf Weingeist schnell verkorken, damit das Aroma nicht verloren geht.« Er steckte den Kopf wieder auf die Figur.

Das Amulett

»Und nun bist du an der Reihe«, sagte Onkel Vladi zu Gregor.

»Ich?« Gregor fuhr zusammen. »Und womit?«

»Mit Auspacken.«

»Ach, das hat keine Eile.«

»Bist du denn gar nicht neugierig?«

»Nein«, antwortete Gregor wahrheitsgemäß.

»Natürlich ist er neugierig«, widersprach seine Mutter. »Er will es nur nicht zeigen.«

»Du musst es ja wissen.« Betont gleichmütig begann Gregor mit dem Auspacken. Sein Päckchen enthielt eine kleine Schachtel, die mit dunkelblauem Samt bezogen war. Er öffnete den Deckel und erblickte eine Silberkette mit einem Anhänger. »Das soll für mich sein?«

Onkel Vladi nickte.

»Aber ich trage überhaupt keinen Schmuck!«

»Es ist kein Schmuckstück«, antwortete Onkel Vladi.

»Was dann?«

»Es ist ein Amulett!«

»Ein Amulett?« Mit Herzklopfen nahm Gregor es aus der Schachtel heraus. Er hatte einmal von einem Amulett gelesen, das seinem Träger übermenschliche Kräfte verlieh.

Onkel Vladis Amulett ließ ihn an ein Teeei denken, weil es viele winzige Öffnungen hatte. Es war jedoch kleiner und es war auch eher flach. In seinem Innern bewegte sich etwas leise raschelnd hin und her.

»Wie ich sehe, gefällt dir mein Geschenk«, sagte Onkel Vladi.

»Es ist sehr ... ungewöhnlich«, antwortete Gregor, der sich nicht anmerken lassen wollte, wie beeindruckt er war.

»Auf der ganzen Welt gibt es nur ein einziges Amulett dieser Art«, erkärte Onkel Vladi.

Das Amulett schien Wärme zu verströmen, denn Gregors Hand fühlte sich auf einmal ganz warm an.

»Ist es schon alt?«, fragte er.

»O ja! Es befindet sich seit vielen Generationen im Besitz unserer Familie.«

»Dann ist es ja ein echtes Familienerbstück«, meinte Gregors Mutter.

»In der Tat!«, sagte Onkel Vladi. »Das Amulett kann auch nur innerhalb der Familie weitergereicht werden. Andernfalls würde es seine Wirkung verlieren. Und da ich bedauerlicherweise nicht mit Kindern gesegnet bin, möchte ich es nun Gregor anvertrauen.«

»Wie aufregend! Mit diesem Amulett wirst du in der Schule bestimmt nur noch Einsen schreiben«, sagte die Mutter zu Gregor.

»Glaubst du?«, erwiderte er, keineswegs überzeugt.

»So direkt ist die Wirkung nicht«, bestätigte Onkel Vladi Gregors Zweifel.

»Muss man es ständig tragen?«, fragte Gregor.

Er sagte absichtlich »man«, weil er sich noch nicht entschieden hatte, ob *er* die Kette mit dem Amulett tragen würde.

»Tag und Nacht, wenn man sichergehen möchte«, antwortete Onkel Vladi.

»Sichergehen? Womit?«

»Das Amulett ist, wie ich bereits erwähnt habe, kein Schmuckstück. Seine Aufgabe besteht darin, die Kräfte seines Trägers zu stärken und böse Geister abzuwehren.«

Also doch!, dachte Gregor.

»Und welche Arten von bösen Geistern?«, fragte er scheinbar beiläufig und legte das Amulett in die Schachtel zurück.

»Jede Art!«

Gregors Mutter lachte. »Hier bei uns kennen wir nur eine Art von bösen Geistern: die Blut saugende. Das sind allerdings wahre Quälgeister!«

»Die Blut saugende Art?«, wiederholte Onkel Vladi. »Und du hast mit ihnen schon Kontakt gehabt?«

»Mehr als mir lieb ist. Im Sommer können wir uns hier

kaum vor ihnen retten. Das Einzige, was die Biester abzuhalten scheint, ist Nelkenöl.«

»Nelkenöl? Das ist mir völlig neu«, sagte Onkel Vladi.

»Und wie bekämpft ihr in Transsylvanien die Mücken?«, fragte sie.

»Wen?«

»Die Mücken. Die Moskitos!«

»Ach, die …« Onkel Vladi atmete hörbar auf. »Und ich dachte …« Er zeigte auf Graf Weingeist. »Darf ich?«

»Aber sicher«, sagte Gregors Mutter.

Onkel Vladi füllte sein Glas bis fast an den Rand und trank es in einem Zug leer.

»Ich glaube, ich sollte mich jetzt zur Ruhe begeben«, murmelte er.

»Schon?«, sagte Gregors Mutter. »Aber wir haben noch gar nicht zu Mittag gegessen.«

Onkel Vladi war aschfahl geworden. »Ich bin doch sehr erschöpft von der Reise.«

»Das verstehen wir natürlich«, antwortete sie. »Es war ja auch eine lange Fahrt.«

»Hast du dich eigentlich schon bei Onkel Vladi bedankt?«, wandte sie sich an Gregor.

»Bedankt?«

»Ja. Für dein Geschenk!«

»Nein.« Gregor räusperte sich. »Danke!«

»Ich habe mich sehr gefreut«, fügte er hinzu, als er den erwartungsvollen Blick seiner Mutter bemerkte.

»Die Freude ist ganz meinerseits.« Onkel Vladi machte eine Verbeugung. »Und nun gestattet, dass ich mich zurückziehe.«

»Sehen wir uns dann zum Abendessen?«, fragte Gregors Mutter.

»Ich fürchte, nein«, antwortete Onkel Vladi. »Die Reise scheint mich doch stärker angegriffen zu haben, als ich erwartet hatte.«

»Wie du meinst.« Sie machte ein etwas ratloses Gesicht. »Aber du kommst doch morgen zum Frühstück?«

»Und um welche Uhrzeit wäre das?«

»Um halb sieben.«

»Um halb sieben …«, sagte Onkel Vladi.

»Ist dir das zu früh?«

»Nein, nein. Morgenstunde hat Gold im Munde.« Sich nochmals verbeugend, öffnete er die Tür zum Flur.

Drei Nächte Sicherheit

Und wie findest du Onkel Vladi?«, fragte Gregors Mutter, als sie beide allein waren.

»Wie ich ihn finde?« Gregor überlegte, ob er ihr sagen sollte, dass er Onkel Vladi für einen besonders raffinierten Vampir hielt. Aber das würde sie als Provokation empfinden und so antwortete er nur: »Ich kenne ihn ja gar nicht.«

»Du musst doch einen ersten Eindruck von ihm haben!«

»Hm, weiß nicht …«

»Sehr gesprächig bist du heute nicht!«

»Sagst *du* nicht immer, man soll nicht über andere Leute hinter ihrem Rücken herziehen?«

»Ich will keineswegs über Onkel Vladi ›herziehen‹, wie du es nennst. Schon gar nicht hinter seinem Rücken. Ich möchte lediglich von dir wissen, ob du ihn magst, ob er dir sympathisch ist!«

»Magst du ihn denn?«, fragte Gregor zurück.

Sie holte tief Luft.

»Ja!«, erklärte sie dann. »Onkel Vladi ist höflich und aufmerksam. Möglicherweise sind seine Umgangsformen etwas steif. Aber das wird sich bestimmt noch ändern. Immerhin hat er bis jetzt in einer uns völlig fremden Welt gelebt.«

»Allerdings«, sagte Gregor.

Die Welt der Vampire war ihm tatsächlich fremd. Und er spürte keinerlei Verlangen, sie näher kennen zu lernen!

»Wahrscheinlich müssen wir uns alle erst aneinander gewöhnen«, meinte sie.

Wieso müssen wir das?, dachte Gregor.

Es gab viele Dinge, die er tun *musste*: morgens aufstehen, zur Schule gehen, sein Zimmer aufräumen, Besorgungen machen. Sich an Onkel Vladi zu gewöhnen gehörte seiner Meinung nach nicht dazu!

»Du hast meine Frage nicht beantwortet«, erinnerte ihn seine Mutter.

»Welche Frage?«

»Ob du Onkel Vladi magst!«

»Können wir darüber nicht ein anderes Mal sprechen?«, sagte er. »Ich muss noch ziemlich viel für die Schule tun. Wir schreiben morgen eine Mathearbeit.«

»Ihr schreibt eine Mathearbeit?«

»Ja, leider. Und die meisten Aufgaben werden Textaufgaben sein, hat Frau Wilhelm gesagt.«

»Oh …« Gregors Mutter wusste natürlich, dass Textaufgaben Gregors Schwachpunkt waren. »Dann kommt dein Glücksbringer ja gerade richtig!«

»Welcher Glücksbringer?«

»Das Amulett von Onkel Vladi!«

»Ach das …«

»Darf ich es mal sehen?«

»Wenn du unbedingt willst …« Er reichte ihr die Schachtel.

»Sehr begeistert klingt das aber nicht!«, sagte sie. »Gefällt dir das Amulett etwa nicht?«

»Doch …«

»Aber?« Sie nahm das Amulett aus der Schachtel heraus.

»Es ist irgendwie eigenartig.«

»Eigenartig?«, wiederholte sie. »Ehrlich gesagt, finde ich *dich* heute eigenartig.«

»Merkst du denn nichts?«, fragte er.

»Was sollte ich merken?«

»Deine rechte Hand! Sie ist bestimmt schon ganz warm!«

»Nein, überhaupt nicht.« Gregors Mutter legte das Amulett wieder in die Schachtel und befühlte ihre rechte Hand. »Sie ist eher kühl. Wie kommst du darauf, dass sie warm sein sollte?«

»Ach, nur so.«

»Nur so? Das ist keine sehr befriedigende Antwort.«

»Kann ich jetzt in mein Zimmer gehen?«

»Na schön. Aber um eins essen wir Mittag«, sagte sie.

»Ja.« Gregor nahm die Schachtel an sich.

In seinem Zimmer schaltete er die Schreibtischlampe ein und betrachtete das Amulett von allen Seiten. Es bestand aus Metall, wahrscheinlich Silber, und war vom Alter schwarz angelaufen. Bis auf die vielen stecknadelkopfgroßen Öffnungen wies es keine Verzierungen auf.

Gregor holte seine Lupe. Doch selbst in der Vergrößerung konnte er nicht erkennen, was im Innern des Amuletts so geheimnisvoll raschelte. Er entdeckte auch keinen Verschluss. Dafür nahm er aus der Nähe einen leichten Modergeruch wahr. Und dieser Modergeruch brachte ihn endgültig davon ab, sich das Amulett umzuhängen.

Er beschloss, es morgen früh in der Schule Robert zu zeigen. Wenn sich jemand mit solchen Dingen auskannte, dann war es Robert! Bestimmt würde er in dem Amulett auch mehr als nur einen »Glücksbringer« sehen …

Gregor legte das Amulett in die Schachtel zurück und nahm seine Schulsachen heraus.

Der Rest des Sonntags verstrich, ohne dass Onkel Vladi sich blicken ließ. Fast hätte man glauben können, seine Ankunft wäre nur ein Traum gewesen – ein Alptraum!

Am Abend ging Gregor früh schlafen. Und obwohl er damit gegen eine Anweisung seiner Mutter verstieß, drehte er den Schlüssel im Schloss herum. Sie bestand darauf, dass er nachts seine Zimmertür nicht verschloss. Doch heute hatte er das Gefühl, sich einschließen zu müssen!

Wie erwartet hielt sie ihm am nächsten Morgen vor, seine Tür wäre verschlossen gewesen, als sie noch einmal in sein Zimmer sehen wollte.

»Du weißt doch, dass deine Tür nachts immer offen sein soll«, sagte sie.

»Ja ...«, antwortete er gedehnt. »Aber das war vor Onkel Vladi.«

»Wie meinst du das?«

»Ich fühle mich eben sicherer, wenn ich meine Tür abschließe.«

»Du glaubst doch nicht, dass von Onkel Vladi eine Gefahr ausgeht?«

»Nicht direkt. Aber du hast selbst gesagt, wir müssen uns erst aneinander gewöhnen.«

»Und das Sich-aneinander-Gewöhnen willst du damit beginnen, dass du dich einschließt?«

Er zuckte mit den Schultern. »›Wer nichts fürchtet, wird von der Gefahr überrascht!‹ Originalspruch von Onkel Vladi.«

»Vielleicht finden wir einen Kompromiss«, meinte sie nach kurzem Überlegen. »Ich wäre damit einverstanden, dass du noch drei Nächte lang deine Tür abschließt. Danach bleibt deine Tür unverschlossen, wie bisher.«

»Wir können's ja mal versuchen ...«

»Versuchen ist mir zu wenig«, erwiderte sie. »Ich möchte, dass du dieser Abmachung zustimmst und dich anschließend auch daran hältst.«

»Also gut. Ich bin einverstanden.«

Drei Nächte Sicherheit vor Onkel Vladi waren nicht zu verachten!

»Du trägst dein Amulett gar nicht«, bemerkte sie auf einmal.

»Es ist in meiner Federtasche«, antwortete er.

»In deiner Federtasche? Darüber wäre Onkel Vladi bestimmt nicht sehr glücklich.«

»Er muss es ja nicht tragen«, verteidigte Gregor sich. »Vor allem nicht in der Schule!«

»Kannst du dir das Amulett wenigstens dann umhängen, wenn du von der Schule nach Hause kommst? Onkel Vladi soll uns nicht für undankbar halten.«

»Meinetwegen.« Er erhob sich. »Bis nachher.«

»Ja, bis nachher. Und ich drück dir die Daumen, dass mit deiner Mathearbeit alles gut geht!«

Gregor nickte. Es lag ihm auf der Zunge: Und ich drück dir die Daumen, dass mit Onkel Vladi alles gut geht, zu antworten.

Aber das behielt er dann doch lieber für sich.

Vampir-Robert

Zu Gregors Enttäuschung kam Robert an diesem Morgen zu spät zur Schule. Gregor konnte ihm nur noch zuflüstern, er müsse ihn in der Pause unbedingt sprechen – dann begann die Mathearbeit.

Als Gregor den fotokopierten Zettel mit den Textaufgaben las, hatte er den Eindruck, von Onkel Vladis Amulett gingen tatsächlich magische Kräfte aus: Auf Anhieb verstand er die Fragen!

Und dabei trug er das Amulett noch nicht einmal um den Hals, sondern hatte es in die Tasche seiner Jeansjacke gesteckt...

Kurz vor dem Ende der Stunde hatte Gregor alle dreizehn Aufgaben gelöst. Erleichtert gab er seine Arbeit bei Frau Wilhelm ab. Danach wartete er im Schulhof auf Robert. Aber der kam erst, nachdem die Pause schon zur Hälfte vorüber war.

»Und was willst du mit mir besprechen?«, fragte er unfreundlich.

Robert wiederholte die fünfte Klasse und niemand mochte ihn. Er war größer und kräftiger als die meisten in der Klasse und er ließ keinen Anlass aus, um seine Überlegenheit zu demonstrieren.

Gregor räusperte sich. »Ich wollte dir etwas zeigen.«

»Und was?«

»Ein Amulett.«

»Wenn das alles ist …«, meinte Robert abfällig und fuhr mit den Fingern durch seine langen braunen Haare, die er nie zu waschen schien.

»Mein Onkel hat es aus Transsylvanien mitgebracht«, erklärte Gregor. »Aus Bistritz!«, fügte er hinzu.

»Aus Bistritz?« Roberts blaue, von ungewöhnlich dichten schwarzen Wimpern umstandene Augen verengten sich. »Etwa *das* Bistritz von Graf Dracula?«

»Ja!«

»Und wo ist dieses Amulett jetzt?«

»In meiner Jacke.«

»Na los, zeig her!«

Gregor holte die Kette mit dem Amulett aus seiner Jackentasche und gab sie Robert. Mit desinteressierter Miene nahm Robert das Amulett – und schrie auf: »Au! Das Ding ist ja ganz heiß!«

»Dann spürst du es auch?« Gregor merkte, wie sein Herz einen Sprung machte.

»Natürlich spüre ich es! Wahrscheinlich hast du das verdammte Ding extra auf die Heizung gelegt, damit ich mir die Pfoten verbrenne!«

»Habe ich nicht! Das Amulett war die ganze Zeit in meiner Jacke. Außerdem hat Frau Wilhelm vor der Mathearbeit die Heizung abgestellt.«

»Und wieso ist es dann so heiß?«

»Das verstehe ich ja auch nicht!«

Robert hielt die Kette in die Höhe, sodass er das Amulett inspizieren konnte, ohne es berühren zu müssen.

»Es stinkt!«, verkündete er.

»Findest du?«, sagte Gregor, der sich nicht vorstellen konnte, wie Robert aus der Entfernung überhaupt etwas riechen wollte. Er hatte den muffigen Geruch gestern Abend erst bemerkt, als er das Amulett direkt unter seine Nase gehalten hatte.

»Es stinkt hundsmiserabel!« Robert hustete. »Hast du 'ne Ahnung, wie alt es ist?«

»Hundert Jahre, schätze ich«, antwortete Gregor. »Möglicherweise ist es auch noch älter.«

»Und wie ist dein Onkel da rangekommen?«

»Es ist ein Familienerbstück.«

»Hätte ich dir gar nicht zugetraut, dass du solche ungewöhnlichen Verwandten hast.«

»Onkel Vladi ist nur ein sehr entfernter Verwandter«, sagte Gregor.

»So? Und warum hat er dann *dir* dieses wertvolle Amulett gegeben?«, erwiderte Robert.

Gregors Herz klopfte schneller. »Du glaubst, dass es wertvoll ist?«

»Wenn es das ist, wofür ich es halte …«

In diesem Augenblick läutete es zur Stunde.

»Gibst du es mir jetzt wieder?« Gregor streckte seine Hand aus.

»Warum so eilig?«, antwortete Robert.

»Weil die Stunde gleich anfängt!«

»Hat der kleine Gregor Angst, zu spät zu kommen?«

»Nein! Ich will nur mein Amulett wiederhaben!«

»Du kriegst es ja wieder«, sagte Robert. »Irgendwann einmal!«

Er ließ die Kette in die Tasche seiner schwarzen Hose gleiten.

Gregor ballte die Fäuste. »Ich will es aber jetzt wiederhaben!«

»Dann hol es dir doch.« Herausfordernd verschränkte Robert seine Arme vor der Brust.

»Na, was ist?«, fragte er, als Gregor sich nicht rührte. »Oder hast du Angst vor mir?«

»Nein!«, antwortete Gregor ruhig.

Plötzlich spürte er in sich Kräfte, von denen er bisher noch nicht einmal gewusst hatte, dass er sie besaß.

Er kniff die Augen zusammen, um sich besser konzentrieren zu können – und dann richtete er seinen Blick auf Roberts Hosentasche, in der sich das Amulett befand.

Komm zurück zu mir!, sagte er in Gedanken. Und noch einmal: Komm zurück zu mir!

»He …!«, hörte er Roberts Stimme. »Was soll das?«

Er sah, wie gelblicher Rauch aus Roberts Hosentasche kam.

Robert stieß einen Schrei aus. »Au! Mein Bein!«

Mit schmerzverzerrter Miene zog er die Kette aus der Tasche und gab sie Gregor.

»Meine Hand! Sie brennt wie Feuer!«, jammerte er. »Was hast du mit ihr gemacht?«

»Ich? Überhaupt nichts!«

»Dann war es dein dummes Amulett. Es hat mir die Hand verbrannt!« Und wirklich war Roberts Hand feuerrot geworden.

»Das Amulett soll deine Hand verbrannt haben?«, sagte Gregor mit dem unschuldigsten Lächeln der Welt.

Er zeigte Robert seine eigene Handfläche, in der das Amulett lag. »Das musst du dir einbilden. Siehst du: Meine Hand wird kein bisschen rot!«

Und heiß wurde Gregors Hand auch nicht, nur angenehm warm.

»Einbilden?« Robert massierte seine Hand. »Solche Schmerzen kann man sich überhaupt nicht einbilden!«

Gregor grinste. »Übrigens – danke, dass du mir das Amulett zurückgegeben hast!«

Er drehte sich um und ging zum Schulgebäude zurück.

Unheimliche Kräfte

Als Gregor den Klassenraum betrat, hatte der Unterricht zu seiner Erleichterung noch gar nicht begonnen. Er setzte sich.

Kurz darauf erschien Frau Wilhelm und sagte, ihre Tochter sei mit dem Fahrrad verunglückt und deshalb mussten heute die letzten beiden Stunden ausfallen.

In dem Durcheinander, das sie mit dieser Ankündigung auslöste, fiel es niemandem auf, dass Robert fehlte. Bestimmt war er nach Hause gegangen! Robert verließ des Öfteren ohne Erlaubnis das Schulgelände und Frau Wilhelm entschuldigte das dann mit seinen »schwierigen häuslichen

Verhältnissen«. Er wuchs bei seinen Großeltern auf, die sich allem Anschein nach wenig um ihn kümmerten.

Gregor nutzte die freie Zeit zu einem Stadtbummel. Er wollte testen, ob das Amulett auch Wünsche erfüllen würde, wie der Wunschring im Märchen. Zuerst ging er ins Sportgeschäft. Dort richtete er seinen Blick nacheinander auf ein Paar Fußballstiefel, das er gern gehabt hätte, einen Jogginganzug, eine Baseballkappe und eine wasserdichte Armbanduhr und berührte dabei das Amulett in seiner Tasche. Doch nichts geschah, nur seine Fingerspitzen wurden warm.

Anschließend betrat er das Musikgeschäft am Markt. Er nahm das Amulett aus seiner Tasche und ließ es langsam über einer CD kreisen, die er sich seit längerem wünschte. Aber auch hier passierte nichts – außer dass ihn die Chefin aus dem Laden vertrieb.

Danach führte ihn sein Weg in die Buchhandlung »Himmel«.

»Kann ich dir helfen?«, fragte die Frau an der Kasse.

»Ja«, antwortete Gregor. »Haben Sie *Dracula* von Bram Stoker?«

Sie musterte ihn über den Rand ihrer Brille hinweg. »Bist du dafür nicht ein bisschen zu jung?«

»Es ist für meinen Onkel«, behauptete er.

»Ach so.« Diese Auskunft schien sie zufrieden zu stellen. »Phantastische Literatur findest du im ersten Stock«, sagte sie und wandte sich wieder ihrem Magazin zu.

Gregor ging die Treppe hinauf. Es dauerte eine Weile, bis er gefunden hatte, was er suchte: eine in schwarzes Leder gebundene Sonderausgabe von *Dracula.* Er zog das Buch aus dem Regal und legte es auf den großen runden Tisch. Danach nahm er das Amulett aus seiner Tasche, ließ es über dem Buch kreisen und sprach leise: »Dracula, komm zu mir!«

Das Amulett begann heftig hin- und herzupendeln und gelblicher Rauch kam aus den Öffnungen. Plötzlich bewegte sich das Buch: Wie von einer unsichtbaren Hand gezogen, glitt es über die Tischplatte auf Gregor zu und dann fiel es mit einem lauten Poltern auf den Holzfußboden.

Gregor war starr vor Schreck. Nicht nur, dass er soeben äußerst seltsame, ja unheimliche Kräfte am Werk gesehen hatte ... Durch den Sturz war die obere Kante des Buches eingedrückt worden und mit Sicherheit würde er für diesen Schaden aufkommen müssen.

Auf einmal hörte er eine Männerstimme hinter sich sagen: »Das scheint ja ein sehr interessantes Amulett zu sein, das du da hast!«

Er fuhr herum und blickte in das Gesicht eines jüngeren Mannes, der einen braunen Vollbart hatte und eine Brille trug.

»Äh – ja«, stammelte Gregor.

Der Mann hob das Buch auf und legte es auf den Tisch zurück. »Gehört es dir?«

»Nein. Und es tut mir auch wirklich Leid, dass es runtergefallen ist.«

»Ich spreche nicht von dem Buch. Ich möchte wissen, ob das Amulett dir gehört.«

»Ach so. Ja, das gehört mir. – Seit gestern.«

»Und wie ist es in deinen Besitz gekommen?«

»Mein Onkel hat es mir aus Transsylvanien mitgebracht.«

Der Mann musterte das Amulett. »Hat dein Onkel in Transsylvanien Urlaub gemacht?«

»Nein, er stammt von dort«, antwortete Gregor.

»Interessant … Und aus welcher Stadt?«

»Aus Bistritz.«

»Aus Bistritz …«

»Ich muss jetzt gehen.« Gregor steckte das Amulett in seine Jackentasche und nahm *Dracula* vom Tisch. Er hatte beschlossen, dass er der Frau an der Kasse von seinem Missgeschick erzählen und sie fragen wollte, ob er das Buch in Raten abbezahlen könnte.

Als er an der Kasse ankam und *Dracula* auf den Tresen legte, setzte die Frau ihre Brille ab und sagte: »Das ist eine sehr schöne Ausgabe! Hast du auch genug Geld dabei?«

Gregor schluckte. »Eigentlich nicht. Aber das Buch ist mir runtergefallen und da dachte ich …«

»Das Buch ist dir runtergefallen?« Jetzt klang die Stimme der Frau gar nicht mehr so freundlich.

»Lassen Sie mich das regeln, Frau Grimm!« Der bärtige Mann mit der Brille war plötzlich neben Gregor erschienen.

»Wie Sie wünschen, Herr Himmel«, antwortete sie und verließ ihren Platz hinter der Kasse.

Gregor spürte, dass er einen roten Kopf bekommen hatte. Demnach war der Mann, der eben *Dracula* vom Boden aufgehoben und ihn über das Amulett befragt hatte, niemand anders als der Inhaber der Buchhandlung selbst!

»Willst du das Buch nicht einstecken?«, fragte Herr Himmel.

»Einstecken?«, wiederholte Gregor.

»Ja! Ich möchte dir *Dracula* schenken – wenn du mir etwas versprichst …«

»Und was?«

»Du sollst deinem Onkel aus Transsylvanien ausrichten, dass ich ihn gern kennen lernen würde!«

»Hm, ja, warum nicht«, murmelte Gregor und steckte *Dracula* in seinen Rucksack, zu den Schulbüchern. Er konnte es kaum fassen, wie einfach sich das Problem für ihn gelöst hatte!

»Transsylvanien, das Land jenseits der Wälder, übt eine ganz besondere Anziehungskraft auf mich aus«, verriet Herr Himmel. »Ich war sogar schon einmal dort, auf den Spuren von Graf Dracula!«

»Tatsächlich?«

»Es war allerdings nur eine einwöchige Gruppenreise durch Rumänien.«

»Haben Sie ihn denn gefunden?«

»Wen?«

»Graf Dracula!«

»Nein. Vampire sind, fürchte ich, vor langer Zeit ausgestorben.«

»Gestorben schon«, antwortete Gregor. »Aber nicht *aus*gestorben.«

»Das klingt, als hättest *du* reichlich Erfahrung mit Vampiren gesammelt!«, bemerkte Herr Himmel.

»Mehr, als mir lieb ist«, antwortete Gregor.

Er ging zur Ladentür. »Und vielen Dank für das Buch!«

»Vergiss dein Versprechen nicht«, antwortete Herr Himmel. »Ich würde deinen Onkel aus Transsylvanien wirklich gern kennen lernen!«

Auf der Heimfahrt im Bus schlug Gregor *Dracula* auf und blätterte darin, bis er die Stelle gefunden hatte, an der Graf Dracula zum ersten Mal auftritt: *»Ein Schlüssel drehte sich laut kreischend in dem scheinbar selten benutzten Schlüsselloch und das große Tor ging auf. Innerhalb desselben stand ein hoch gewachsener alter Mann, glatt rasiert bis auf einen langen weißen Schnurrbart und schwarz gekleidet vom Kopf bis zu den Füßen; kein heller Fleck war an ihm zu sehen…«*

Ein paar Seiten weiter war von dem raubvogelartigen Aussehen Draculas die Rede, von seinem grausamen Mund, den scharfen weißen Zähnen, den ungewöhnlich roten Lippen, der auffallenden Blässe, den Haaren, die ihm auf den Handflächen wuchsen, und den langen dünnen Fingernägeln, die zu nadelscharfen Spitzen geschnitten waren…

Auf beklemmende Art fühlte sich Gregor an Onkel Vladi erinnert, auch wenn nicht alle äußeren Merkmale übereinstimmten. *»Was ist das für ein Mensch, oder vielmehr, was ist das für eine Kreatur, die hier in Menschengestalt sich verbirgt…«*, las er. Da hielt der Bus an seiner Haltestelle. Er hastete zum Ausgang.

Vielleicht bei euch in Transsylvanien!

Aber du trägst Onkel Vladis Amulett ja gar nicht!«, sagte Gregors Mutter, als sie ihm die Haustür öffnete.

»Ich hab's vergessen«, antwortete er.

»Du hast das Amulett in der Schule vergessen?« Eine steile Falte erschien zwischen ihren Augenbrauen.

»Nein.« Er zog die Kette mit dem Amulett aus seiner Jackentasche. »Ich hab nur vergessen, es umzuhängen.«

»Dann häng es dir wenigstens jetzt um! Onkel Vladi wäre bestimmt sehr enttäuscht, wenn du sein Amulett nicht tragen würdest.«

»Ist Onkel Vladi hier?«, fragte er und spähte an ihr vorbei in die Küche. »Er ist in seinem Zimmer. – In Papas Zimmer«, verbesserte sie.

Gregor stellte seinen Rucksack auf den Boden. »Kann ich dich mal einen Moment sprechen?«

»Du kannst mich jederzeit sprechen.«

»Das Amulett …«, begann er, »irgendetwas stimmt damit nicht!«

»Heißt das, du hast eine schlechte Mathearbeit geschrieben?«

»Nein!« Gregor stöhnte leise, weil ihre Hauptsorge wieder einmal seinen Schulleistungen galt. »Die Mathearbeit war okay.«

»Okay? Was meinst du damit?«

»Ich hab eine ziemlich gute Arbeit geschrieben, glaube ich.«

»Aber das ist doch sehr erfreulich«, meinte sie. »Onkel Vladis Amulett hat dir also Glück gebracht!«

»Mir vielleicht. Aber jemandem aus meiner Klasse hat es die Hand verbrannt.«

»Es hat jemandem die Hand verbrannt? Und wem?«

»Ach, den kennst du nicht«, antwortete Gregor.

Er sagte absichtlich nicht, dass es der »Vampir-Robert« gewesen war, weil sie ihm sonst noch weniger glauben würde. Und richtig *kennen* gelernt hatte sie Robert bisher nicht.

»Wie soll das möglich sein: sich an einem Amulett die Hand zu verbrennen?«, fragte sie.

»Das weiß ich nicht! Der Junge aus meiner Klasse hat das Amulett in die Hand genommen und plötzlich ist es ganz heiß geworden. Und dann ist aus den Öffnungen Rauch gekommen.«

»Hast du das mit eigenen Augen gesehen?«

»Ja! Ich hab sogar gesehen, dass seine Hand durch die Hitze knallrot geworden ist.«

»Und was hat Frau Wilhelm dazu gesagt?«

»Nichts.«

»Nichts?«

»Nein. Das mit dem Amulett ist in der Pause passiert. Anschließend wurden wir früher entlassen, weil Frau Wilhelm irgendwelche Schwierigkeiten zu Hause hatte.«

»Und wo bist du in der Zwischenzeit gewesen?«

»Ich war in der Buchhandlung und hab mir Bücher über Transsylvanien angeguckt.«

»Dazu gehst du in die Buchhandlung? Hättest du mich nicht fragen können, ob ich dir Bücher aus der Bibliothek mitbringen kann?«

»Ja, schon«, sagte Gregor. »Aber ich muss auch öfter mal etwas allein unternehmen. Findest du nicht?«

»Doch«, gab sie ihm Recht.

»Und in der Buchhandlung hatte ich ein merkwürdiges Erlebnis mit dem Amulett«, fuhr Gregor fort.

»So?«

»Ja. Es war richtig unheimlich! Ich hab das Amulett über einem Buch pendeln lassen und plötzlich hat sich das Buch von selbst über den Tisch bewegt – wie im Film. Herr Himmel, der Buchhändler, war selbst dabei.«

»Der Buchhändler war dabei?«

Gregor nickte. »Außerdem ist wieder Rauch aus dem Amulett gekommen.«

»Hat der Buchhändler den Rauch ebenfalls gesehen?«

»Ja! Und wenn du mir nicht glaubst, kannst du ihn anrufen und ihn danach fragen!«

»Das wird nicht nötig sein«, antwortete sie.

Nach einer Pause sagte sie: »Darf ich das Amulett einmal haben?«

Gregor reichte es ihr.

Seine Mutter nahm es in ihre rechte Hand. »Bei mir wird es überhaupt nicht heiß. Im Gegenteil, es ist fast unangenehm kalt. Und es steigt auch kein Rauch auf.«

»Es passiert nicht bei jedem«, erklärte Gregor.

Sie trat an die Terrassentür und hielt das Amulett gegen das Licht. »Die Öffnungen sind zu klein, um etwas zu erkennen.«

Vorsichtig schüttelte sie das Amulett. »Es hört sich an, als wäre es mit winzigen Kugeln oder Körnern gefüllt. Auf jeden Fall verströmt es einen angenehmen pflanzlichen Geruch«, sagte sie, nachdem sie daran gerochen hatte.

»Angenehm? Ich finde, es riecht moderig.«

»Pflanzen vermodern!«, antwortete sie. »Werden und Vergehen, das ist der Kreislauf der Natur.«

»Ich möchte aber kein Amulett tragen, in dem etwas Vermodertes ist!«

»Das können wir ja leicht herausfinden, was sich in dem Amulett befindet!«

»Willst du es etwa aufbrechen?«, fragte Gregor erschrocken.

»Nein.« Sie lächelte. »Ich werde Onkel Vladi fragen. Es ist sowieso Zeit, ihn zum Essen zu rufen. Gehst du schon voraus? Ich habe im Wohnzimmer für uns gedeckt.«

»Aber ich wollte mit *dir* sprechen und nicht mit Onkel Vladi!«, entgegnete Gregor.

»Ja, sicher. Nur weiß ich über das Amulett auch nicht mehr als du.«

Sie gab es ihm zurück. »Willst du mir nicht den Gefallen tun, es dir umzuhängen, wenigstens für unser Mittagessen mit Onkel Vladi?«

Widerstrebend hängte er sich das Amulett um den Hals.

»Nun?«, fragte seine Mutter. »Spürst du etwas?«

Gregor nickte.

»Und was?«

»Ich weiß nicht ...«

»Du musst mir doch sagen können, was du spürst!«

»Mir ist ganz warm«, antwortete er vage.

Aber es war viel mehr als nur die wohlige Wärme, die er spürte, wenn er das Amulett in die Hand nahm. Es war, als wäre er plötzlich an eine Energiequelle angeschlossen. Eine intensive Wärme durchströmte seinen Körper, schien ihn mit Energie aufzuladen. Er spürte ein Kribbeln in seinen Fingerspitzen, seinen Zehen. Das Kribbeln wurde stärker und in seinen Ohren begann es zu sausen. Dann auf einmal war alles vorüber.

Nun vernahm er Schritte, feste, kräftige Schritte.

»Onkel Vladi kommt«, sagte er.

»Onkel Vladi?«, wiederholte sie. »Ich kann nichts hören.«

»Er hat gerade die Tür zu Papas Büro hinter sich zugemacht und jetzt ist er im hinteren Flur.«

»Das kannst du hören?«, sagte sie ungläubig.

»Ja. Und er bringt ein Buch mit. In ihm steht etwas über die Engelmann'sche Familiengruft.«

Sie lachte. »Jetzt geht deine Phantasie wirklich mit dir durch!«

»Warten wir's ab«, antwortete Gregor, der sich selbst nicht erklären konnte, wieso er von dem Buch wusste.

In diesem Moment betrat Onkel Vladi die Küche. Er war mit einer dunkelgrünen Cordhose, einem schwarzen Hemd und einem braunen Jackett bekleidet. Mit Herzklopfen sah Gregor, dass in der rechten Tasche seines Jacketts ein Buch steckte.

»Einen wunderschönen Tag wünsche ich!« Onkel Vladi musterte das Amulett, das Gregor trug, und nickte zufrieden. Verwundert stellte Gregor fest, dass sich seine Gefühle Onkel Vladi gegenüber verändert hatten: An die Stelle der Angst war plötzlich Neugier getreten, der Wunsch, mehr über ihn zu erfahren, viel mehr …

»Ich hoffe, ihr könnt mir verzeihen, dass es so viel Zeit in Anspruch genommen hat, mich von den Strapazen der Reise zu erholen?«, sagte Onkel Vladi. »Aber nun geht es mir wirklich *viel* besser!«

»Das ist für uns das Allerwichtigste«, versicherte Gregors Mutter. Sie deutete auf das Buch in Onkel Vladis Jackentasche. »In deinem Buch steht nicht zufällig etwas über die Engelmann'sche Familiengruft?«

»Doch! Woher weißt du das?«

»Gregor wusste es«, antwortete sie.

»Natürlich wusste Gregor es!«

»Und wieso?«

»Weil er das Amulett trägt.«

»Aber wie konnte Gregor wissen, was in einem Buch steht, das du überhaupt erst mitbringen würdest?«

»Es gibt mehr Dinge im Himmel und auf Erden, als die Schulweisheit sich träumt!«, antwortete Onkel Vladi mit einem Lächeln.

»Ja, so steht es bei Shakespeare, im Hamlet!«, sagte Gregors Mutter. »Aber das ist Dichtung. Ich kann mir nicht vorstellen, dass Shakespeare an Telepathie geglaubt hat.«

»Ich schon«, erwiderte Onkel Vladi. »Im Übrigen gibt es noch viel aufregendere Phänomene als die Telepathie.«

»Vielleicht bei euch in Transsylvanien ...«, meinte sie – ziemlich unhöflich, wie Gregor fand.

Doch Onkel Vladi schmunzelte nur und schien nicht im Mindesten beleidigt zu sein.

»Es wird Zeit, dass wir essen«, bemerkte Gregors Mutter. »Mir ist ganz komisch im Kopf.«

»Mir auch«, sagte Gregor.

Er war sich allerdings sicher, dass das Schwindelgefühl und das Rauschen und Knistern in seinen Ohren nicht vom Hunger kam.

»Es wird eine Weile dauern, bis du dich an das Amulett gewöhnt hast«, erklärte Onkel Vladi, der genau zu wissen schien, was in Gregor vorging. »Und du hast es erst vor fünf Minuten angelegt, nicht wahr?«

»Ja.« Gregor wurde rot.

»Ein Amulett, an das man sich erst gewöhnen muss?«, wiederholte seine Mutter. »Das klingt ja, als ob es eine Brille wäre oder ein Hörgerät!«

»Ich würde es eher mit einem Fernsehgerät vergleichen«, antwortete Onkel Vladi.

Gregors Blick wanderte hinüber zu dem kleinen tragbaren Fernseher, der mit ausgezogener Antenne auf dem Küchentresen stand.

»Und wo hat das Amulett seine Antenne?«, fragte er.

»Weißt du das nicht?«, entgegnete Onkel Vladi.

»Nein.«

»Du bist die Antenne!«

»Ich?«

»Ja«, bestätigte Onkel Vladi.

»Wir sollten jetzt wirklich essen!« Gregors Mutter öffnete die Klappe des Backofens.

Pflichtlektüre

Du bist eine hervorragende Köchin, Erika!«, lobte Onkel Vladi beim Essen.

»Findest du?«, sagte sie. »Eigentlich sind meine Kochkünste eher bescheiden.«

»Bescheiden bist nur du«, antwortete Onkel Vladi. »Ehre, wem Ehre gebührt!«

»Ich freue mich natürlich, dass es dir schmeckt.«

»Das tut es! Dürfte ich mir noch ein wenig nehmen?«

»Ich bitte darum!«

»Das Amulett ...«, nahm sie den Gesprächsfaden wieder auf. »Gregor meint, dass irgendetwas damit nicht stimmt.«

»So?«

»Nach seiner Aussage haben sich heute Morgen seltsame Dinge abgespielt, für die wir keine Erklärung finden.«

»Seltsame Dinge?« Onkel Vladi sah Gregor prüfend an.

»Zuerst hat das Amulett einem Jungen in seiner Klasse die Hand verbrannt. Dabei soll Rauch aus den Öffnungen gekommen sein. Anschließend ist Gregor in eine Buchhandlung gegangen. Er hat das Amulett über einem Buch kreisen lassen und daraufhin hat sich das Buch von selbst über den Tisch bewegt. Jedenfalls hat Gregor es mir so berichtet.«

»Das muss aber ein ganz besonderes Buch gewesen sein!«, bemerkte Onkel Vladi.

»Mehr kannst du uns dazu nicht sagen, Onkel Vladi?«, fragte Gregors Mutter sichtlich unzufrieden.

»Was möchtest du denn hören?«

»Ich möchte hören, ob das Amulett wirklich diese … diese magischen Kräfte hat!«

Onkel Vladi lächelte. »Warum zeigen wir es deiner Mutter nicht?«, sagte er zu Gregor.

»Zeigen? Was denn?«, antwortete er.

»Ob das Amulett magische Kräfte hat!«

»Und wie?«

»Wenn du erlaubst, dass ich mich für einen kurzen Moment vom Tisch entferne …?« Er blickte Gregors Mutter fragend an.

»Aber ja! Wir sind gar nicht so formell, Onkel Vladi.«

»Höflichkeit und gute Sitten machen wohl gelitten.« Er stand auf und trat an das Bücherregal.

Nach kurzem Suchen zog er ein Buch heraus und legte es auf das untere, freie Ende des Esstisches. Es war *Ansichten eines Clowns* von Heinrich Böll.

»Würdest du mir jetzt dein Amulett ausleihen?«, bat er.

Gregor nahm die Kette vom Hals und reichte sie Onkel Vladi.

Langsam ließ Onkel Vladi das Amulett über den *Ansichten eines Clowns* pendeln. Nichts passierte: Das Buch bewegte sich nicht und es kam auch kein Rauch aus dem Amulett.

Gregors Mutter wirkte sehr erleichtert. »Das heißt, es hat sich alles nur in Gregors Phantasie abgespielt!« Sie lachte.

»So könnte man es ausdrücken«, sagte Onkel Vladi.

»Aber …«, wollte Gregor protestieren.

Doch da sah er, wie Onkel Vladi kaum merklich den Kopf schüttelte und den Zeigefinger auf die Lippen legte.

»Hier, Gregor, dein Amulett!« Onkel Vladi gab ihm die Kette zurück.

Gregor legte sie neben seinen Teller.

»Willst du dir die Kette nicht wieder um den Hals hängen?«, fragte Onkel Vladi.

»Doch, gleich.«

»Es ist von großer Wichtigkeit, dass du das Amulett trägst!«

»Ich muss es doch nicht ununterbrochen tragen, oder?«, wehrte Gregor ab.

»Du *musst* es überhaupt nicht tragen«, erklärte Onkel Vladi. »Aber es wäre mir eine große Freude, wenn du es tätest.«

»Nun mach Onkel Vladi doch die Freude!«, sagte seine Mutter.

»Na schön.« Gregor hängte sich die Kette um den Hals. Aufs Neue spürte er, wie eine intensive Wärme seinen Körper durchströmte, wie es in seinen Fingerspitzen und Zehen kribbelte und in seinen Ohren sauste. Aber es war nicht mehr so beunruhigend wie beim allerersten Mal.

»Möchtest du den Roman gern einmal lesen?«, hörte er seine Mutter fragen.

»Ich brenne darauf!«, antwortete Onkel Vladi. »Bei uns in Transsylvanien ist das Buch ja leider nicht zu bekommen. Ich selbst besitze nur eine Ausgabe aus den Zwanzigerjahren. Und die wurde von den Behörden zensiert.«

»Aus den Zwanzigerjahren, sagst du? Heinrich Böll hat die *Ansichten eines Clowns* schon so früh veröffentlicht?«

»Ach, *den* Roman meinst du …« Onkel Vladi hüstelte verlegen. »Ja, den würde ich auch gern lesen – später einmal!«

»Und von welchem Roman hast *du* gesprochen?«, wollte sie wissen.

»Von dem, den Gregor aus der Buchhandlung mitgebracht hat!« Onkel Vladi zwinkerte Gregor zu.

»Du hast dir ein Buch gekauft?«, fragte Gregors Mutter überrascht.

»Ich habe es mir nicht gekauft«, erwiderte Gregor. »Der Buchhändler hat es mir geschenkt!«

»Geschenkt?« Sie sah ihn ungläubig an.

»Es ist das Buch, über dem ich das Amulett pendeln lassen habe und das sich über den Tisch bewegt hat. Davon war der Buchhändler so beeindruckt, das er mir das Buch geschenkt hat.«

»Diesen Teil der Geschichte hast du mir aber vorenthalten!«, sagte sie. »Und weshalb hast du mir nicht erzählt, dass der Buchhändler dir das Buch geschenkt hat?«

»Weil dir das Buch sowieso nicht gefallen wird.«

»Meinst du?«

»Ja! Es ist eine Sonderausgabe von Bram Stokers *Dracula!*«

»Oh ...«, machte sie.

»Das scheint ja ein ungewöhnlich aufgeschlossener Buchhändler zu sein«, ließ sich Onkel Vladi vernehmen.

Gregor nickte. »Er war auch schon in Transsylvanien. Und er möchte dich gern kennen lernen«, fügte er hinzu.

»Mich?« Onkel Vladi lächelte geschmeichelt. »Vielleicht konnen wir ihn einmal zum Tee zu uns einladen? Was hältst du davon, Erika?«

»Ehrlich gesagt habe ich kein großes Verlangen, seine Bekanntschaft zu schließen«, antwortete sie. »Ein Buchhändler, der einem Jungen in Gregors Alter *Dracula* schenkt, handelt in meinen Augen nicht sehr verantwortungsvoll.«

»Entschuldige, wenn ich dir widerspreche«, sagte Onkel Vladi. »Aber in meinen Augen hat er sogar äußerst verantwortungsvoll gehandelt. *Dracula* sollte in allen Schulen Pflichtlektüre sein!«

Wie zur Unterstreichung seiner Worte fiel Gregors Rucksack, den er im Flur abgestellt hatte, mit einem dumpfen Poltern um.

Sie blickte irritiert zur Tür. »Du bist der Meinung, dass man *Dracula* in den Schulen lesen sollte?«

»Allerdings!«

»Als Bibliothekarin unterstütze ich natürlich alle Versuche, Kinder und Jugendliche an das Bücherlesen heranzuführen. Aber gibt es nicht wertvollere Titel, die diesen Zweck sehr viel besser erfüllen?«

»Wertvollere als *Dracula*?« Onkel Vladi schüttelte den Kopf. »Nein!«

»Du kannst doch nicht leugnen, dass *Dracula* nur der Unterhaltung dient!«

»Auch auf die Gefahr hin, unhöflich zu erscheinen: Das muss ich ganz entschieden leugnen!«, antwortete Onkel Vladi mit feierlichem Ernst. »*Dracula* ist ein Werk der Aufklärung. Ein Erziehungsroman!«

Gregors Mutter machte ein betretenes Gesicht. »Das überrascht mich nun doch! Ich habe das Buch allerdings nicht bis zum Schluss gelesen. Ich glaube, ich bin im ersten Drittel stecken geblieben.«

»Und gerade der zweite Teil ist so wichtig!«

»Dann sollte ich es vielleicht noch einmal ganz lesen …«, meinte sie.

»Das solltest du unter allen Umständen!«, bekräftigte Onkel Vladi.

Ein echter Rabenau

Nach dem Essen trugen sie das Geschirr in die Küche und Onkel Vladi bot an beim Abwasch zu helfen.

»Vielen Dank«, antwortete Gregors Mutter. »Aber dafür haben wir unsere Geschirrspülmaschine.«

»Dann treffen wir uns in einer halben Stunde wieder, um auf den Friedhof zu gehen?«, wandte sich Onkel Vladi an Gregor.

»Erst in einer halben Stunde?«, sagte Gregor verwundert.

»Meinetwegen auch in zwanzig Minuten. Aber diese Zeit werde ich für meine Vorbereitungen brauchen.«

»Das klingt ja sehr aufregend«, bemerkte Gregors Mutter. »Und was hast du so lange vorzubereiten?«

»Darüber kann ich im Augenblick leider keine Auskunft geben. Wie sagt doch schon Goethe: ›Heiß mich nicht reden, heiß mich schweigen. Denn mein Geheimnis ist mir Pflicht. Ich möchte dir mein ganzes Innre zeigen, allein das Schicksal will es nicht.‹ – Noch nicht!«, fügte er hinzu.

Sie lachte. »Bei dir hat alles die Atmosphäre des Rätselhaften und Geheimnisvollen, Onkel Vladi. Das muss für einen Jungen wie Gregor faszinierend sein. Ist es nicht so?«

»Ja«, gab Gregor zu.

»Es fasziniert ihn vor allem deshalb, weil er ein echter Rabenau ist!«, erklärte Onkel Vladi.

»Du glaubst, dass Gregor nach *unserer* Familie geraten ist?«, sagte sie überrascht.

»Allerdings! Und es ist nicht allein die äußere Ähnlichkeit, die mich zu dieser Auffassung bringt.«

»Aber wir sehen uns überhaupt nicht ähnlich!«, erwiderte Gregor.

»O doch«, sagte Onkel Vladi. »Du siehst genau so aus, wie ich als Junge ausgesehen habe.«

Gregor wollte etwas entgegnen. Aber dann spürte er, wie sich das Amulett erwärmte. Und diese Wärme hatte eine ganz sonderbare Wirkung auf ihn. Es war, als würde ihm eine innere Stimme sagen, dass alles in Ordnung sei, dass er Onkel Vladi vertrauen solle.

»Und wir dachten bisher, Gregor wäre nach der Seite seines Vaters geschlagen«, bemerkte Gregors Mutter. »Max meinte immer, er wäre ein typischer Wagner.«

Onkel Vladi schüttelte den Kopf. »Glaub mir, Gregor ist ein echter Rabenau. Du siehst es auch daran, dass er die doppelte Pupille besitzt.«

»Aber er hat doch ganz normale Pupillen!«, sagte sie.

»Eine doppelte Pupille heißt nicht, dass jemand zwei Löcher in seiner Regenbogenhaut hat«, erklärte Onkel Vladi. »Man spricht von einer doppelten Pupille, wenn die Augen von verschiedener Färbung sind. Und Gregor hat ein braunes und ein grünes Auge. Unser Ahnherr Anselm Rabenau hatte ebenfalls die doppelte Pupille. Entsprechend groß war meine Freude, als du mir die Fotos von Gregors Geburtstag geschickt hast, auf denen deutlich zu erkennen war, dass er die doppelte Pupille unseres Ahnherrn geerbt hat!«

»Hier bei uns gelten verschiedenfarbige Augen nicht unbedingt als etwas Positives«, erzählte sie. »Eine Nachbarin hat sogar einmal behauptet, Gregor hätte den bösen Blick.«

Gregor horchte auf. »Wer hat das gesagt?«

Sie errötete. »Ach, eine ältere Dame, die inzwischen weggezogen ist. Das ist natürlich nur ein hässlicher Aberglaube«, fügte sie hinzu.

»Es ist keinesfalls nur Aberglaube«, widersprach Onkel Vladi.

»Nicht?«

»Nein. In Transsylvanien sind mir Menschen begegnet, die den bösen Blick hatten. Aber zu deiner Beruhigung kann ich dir versichern, dass unser Ahnherr Anselm Rabenau nicht den bösen Blick hatte. Und Gregor hat ihn auch nicht.«

»Danke.« Sie lachte etwas gezwungen. »Wir haben dem Gerede dieser Nachbarin nie viel Bedeutung beigemessen.«

»Und was *ist* der böse Blick?«, fragte Gregor.

»Menschen, die ihn haben, senden mit ihrem Blick gleichsam vergiftete Pfeile aus«, erklärte Onkel Vladi. »Damit können sie Menschen und Tiere krank machen und selbst leblose Dinge wie Spiegel zerstören.«

»Sie können Spiegel zerstören?«

»O ja. Aber nicht nur das. Ihr Blick bewirkt, dass Kronleuchter herabstürzen, Bilder von den Wänden fallen, Steine zerspringen, Quellen versiegen ...«

»Ehrlich? Hast du das schon mal beobachtet?«

»Des Öfteren«, antwortete Onkel Vladi.

Gregors Mutter, die eine Abneigung gegen alles »Übernatürliche« hatte, wie sie es nannte, machte ein unbehagliches Gesicht.

»Wenn es einen bösen Blick gibt, müsste es eigentlich auch einen guten Blick geben«, warf sie scherzhaft ein.

»Den gibt es«, bestätigte Onkel Vladi. »Er ist allerdings viel seltener.«

»Und wieso ist er seltener?«, wollte Gregor wissen.

»Weil es mehr böse als gute Menschen gibt.«

»Mehr böse als gute Menschen?«, wiederholte seine Mutter. »Also, dieser Auffassung kann ich mich nicht anschließen, Onkel Vladi. Ich bin fest überzeugt, dass es *viel* mehr gute als böse Menschen gibt.«

»In Transsylvanien sind wir da anderer Meinung«, sagte Onkel Vladi. »Doch das mag mit unserer Geschichte zusammenhängen.«

»Meinst du nicht, dass in jedem Menschen etwas Gutes steckt – auch in den so genannten ›bösen‹? Unsere Aufgabe ist es, das Gute zu entdecken und zu fördern!«

»Aber dabei dürfen wir auf keinen Fall übersehen, dass das Böse existiert!«, erwiderte Onkel Vladi.

»*Das* Böse?« Gregors Mutter zog ihre Augenbrauen zusammen. »Jemand kann eine schlechte Tat begehen, er kann gegen Gesetze verstoßen oder anderen Menschen Schaden zufügen … Aber ich glaube einfach nicht daran, dass es *das* Böse schlechthin gibt!«

Onkel Vladi standen plötzlich Schweißperlen auf der Stirn.

»Das Böse ist so alt wie die Welt«, sagte er.

Aus der Westentasche zog er ein weißes Spitzentaschentuch und tupfte sich damit die Stirn.

»Die Unterschiede zwischen Transsylvanien und Deutschland sind wohl doch größer, als ich bisher angenommen habe«, bemerkte Gregors Mutter – offenbar in dem Bemühen, etwas Versöhnliches zu sagen.

»In der Tat.« Onkel Vladi holte geräuschvoll Luft. »Darf ich jetzt gehen?«

»Aber ja«, antwortete sie.

Onkel Vladi entfernte sich.

»Ein bisschen eigentümlich kommt mir Onkel Vladi manchmal schon vor«, gestand sie, als sie mit Gregor allein war. »Vielleicht hattest du gestern doch nicht so Unrecht mit deiner Bemerkung, dass ich den Onkel Vladi von heute eigentlich gar nicht kenne.«

»Aber du hattest auch Recht!«, erwiderte Gregor.

»Und womit?«

»Du hast gesagt, dass wir uns erst mal gegenseitig kennen lernen müssen«, erinnerte Gregor sie.

»Ja, das stimmt. Auf keinen Fall dürfen wir ein vorschnelles Urteil fällen.«

Sie stieß einen Seufzer aus.

Hier haben die Wände Ohren

Eine halbe Stunde später befanden sich Onkel Vladi und Gregor auf dem Weg zum Friedhof. Solange Gregors Mutter sie vom Fenster aus sehen konnte, ging Onkel Vladi langsam und gemächlich. Aber kaum waren sie außer Sichtweite, beschleunigte er seine Schritte.

Gregor hätte Onkel Vladi gern gefragt, weshalb er es so eilig hatte. Doch Onkel Vladi nahm überhaupt keine Notiz von ihm. Mit seiner großen alten Ledertasche, deren Griff er fest umklammert hielt, erinnerte er Gregor an einen Arzt, der zu einem dringenden Notfall unterwegs war.

Zu Gregors Verwunderung schien Onkel Vladi den Weg genau zu kennen. Sogar die Abkürzung durch das kleine Waldgrundstück war ihm vertraut. Offenbar hatten seine Vorbereitungen darin bestanden, den Stadtplan zu studieren, den er sich von Gregors Mutter ausgeliehen hatte!

Endlich standen sie vor dem großen Friedhofstor.

Onkel Vladi drehte sich zu Gregor um und mit gedämpfter Stimme erklärte er: »Auf dem Friedhof musst du dein Amulett *unter* dem Pullover tragen!«

Es war das Erste, was er seit ihrem Aufbruch sagte.

»Und warum?«, wollte Gregor wissen.

»Wir haben jetzt keine Zeit, Fragen zu beantworten«, erwiderte Onkel Vladi. Er reckte seine Schultern wie jemand, der sich selbst Mut machen wollte, und trat durch die offene Pforte.

Gregor steckte die Kette in seinen Pullover. Er spürte ein Brennen, das aber nur wenige Sekunden anhielt. Dann folgte er Onkel Vladi.

Auch innerhalb des Friedhofs schien sich Onkel Vladi erstaunlich gut auszukennen. Entschlossen bog er in den schmalen, von hohen Büschen gesäumten Seitenweg ein, der zur Engelmann'schen Gruft führte.

Mit Herzklopfen ging Gregor hinter ihm her. Die Atmosphäre auf dem Friedhof kam ihm verändert vor – als läge etwas Unheimliches, Bedrohliches in der Luft. Am liebsten wäre er umgekehrt.

Aber nun tauchte nach einer Wegbiegung die Engelmann'sche Gruft vor ihnen auf. Sie erschien Gregor noch düsterer und abweisender als sonst und die beiden verschleierten Figuren, die ihren Eingang bewachten, machten einen noch gruseligeren Eindruck auf ihn.

Onkel Vladi war stehen geblieben. Gregor hörte ihn etwas in einer fremden Sprache murmeln, von der er nur ein Wort verstand: »Dracul!«

Instinktiv wich er zurück – und stieß mit dem Fuß gegen einen umgestürzten Grabstein.

Er schrie auf.

Onkel Vladi fuhr herum. »Um Himmels willen! Sei leise!«, beschwor er Gregor.

»Aber es ist doch gar keiner hier«, antwortete Gregor.

Bislang waren ihnen erst zwei ältere Frauen begegnet und die hatten auf dem vorderen Teil des Friedhofs Blumen gepflanzt.

»Darauf würde ich mich nicht verlassen«, entgegnete Onkel Vladi. »Hier haben die Wände Ohren und die Mauern sind Verräter!«

Gregor schluckte. »Glaubst du etwa, dass die Engelmann'sche Gruft … bewohnt ist?«

»Das werden wir bald wissen«, antwortete Onkel Vladi.

»Aber die Gruft ist abgeschlossen!« Gregor zeigte auf die mächtige Eisentür. »Jedenfalls war sie das beim letzten Mal«, schränkte er ein.

»Du hast versucht in die Gruft zu gelangen?« Onkel Vladi sah ihn betroffen an.

»Nein. Ich hab nur einmal kurz an der Klinke gerüttelt.«

»Und warum?«

»Ein Junge aus meiner Klasse hat behauptet, die Tür zur Gruft wäre mit einem Fluch belegt und niemand würde sich trauen sie anzufassen – am allerwenigsten ich.«

»War das derselbe Junge, der sich die Hand am Amulett verbrannt hat?«

»Ja!«, bestätigte Gregor überrascht.

»Und was hättest du getan, wenn sich die Tür zur Engelmann'schen Gruft geöffnet hätte?«, wollte Onkel Vladi wissen.

»Ich wäre weggerannt!«

»Falls du das noch gekonnt hättest ...«

»Wie meinst du das?«

»Ich will damit zum Ausdruck bringen, dass der Junge die Wahrheit gesagt hat.«

»Du meinst, es stimmt, dass die Tür mit einem Fluch belegt ist?«

»Es ist nicht nur die Eingangstür«, antwortete Onkel Vladi. »Die gesamte Gruft ist verflucht!«

»Die gesamte Gruft?«

»Ja! Zugemauert müsste sie werden, versiegelt bis in alle Ewigkeit!«

Ein so hasserfüllter Ausdruck war auf Onkel Vladis Gesicht erschienen, dass Gregor nicht wusste, wovor er sich mehr fürchtete: vor Onkel Vladi oder vor der Engelmann'schen Gruft.

»Aber wir sind doch auch hier«, wandte er zaghaft ein.

»Weil ich die notwendigen Sicherheitsvorkehrungen getroffen habe«, sagte Onkel Vladi. »Ohne die würde ich es niemals wagen, einen Fuß in die Engelmann'sche Gruft zu setzen!«

»Du willst *in* die Gruft gehen? Obwohl sie verflucht ist?«

»Eben deshalb!«

Gregor hatte das Gefühl, als wäre ihm ein kalter Windstoß ins Gesicht gefahren. Dabei war es völlig windstill.

»Und wie willst du in die Gruft kommen?«, fragte er.

Onkel Vladi öffnete seine alte Ledertasche und holte einen Schlüsselbund heraus. »Der Weise ist auf alle Ereignisse vorbereitet.«

An dem Bund hingen zwanzig oder noch mehr Schlüssel. Sie waren von unterschiedlicher Größe und Stärke und hatten nicht viel Ähnlichkeit mit den Schlüsseln, die Gregor kannte.

»Es sind Andreasschlüssel«, verriet Onkel Vladi. »Siehst du das Kreuz in ihrem Bart? Das ist das Andreaskreuz, das aus zwei schräg gestellten Balken besteht. Das Andreaskreuz verleiht den Schlüsseln magische Kräfte.«

Voller Unbehagen musterte Gregor die Schlüssel.

»Sie wurden in der Karfreitagnacht von einem transsylvanischen Meister geschmiedet«, fuhr Onkel Vladi fort. »Und zwar aus einem sehr besonderen Material …«

Er blickte zur Gruft hinüber.

»Aus gebrauchten Sargnägeln«, sagte er flüsternd.

Gregor erbleichte.

»Aber wir haben uns lange genug mit Reden aufgehalten«, meinte Onkel Vladi. »Es wird höchste Zeit, dass wir uns in die Gruft begeben!«

»Wir?«, stammelte Gregor. »Aber du hast gesagt, *du* willst in die Gruft gehen!«

»Ja. Und du sollst mich begleiten und mir behilflich sein«, erklärte Onkel Vladi.

Gregors Kehle war plötzlich wie zugeschnürt.

Unter gar keinen Umständen wollte er mit Onkel Vladi

in die Engelmann'sche Gruft gehen! Bestimmt würde Onkel Vladi hinter ihnen die schwere Eisentür zusperren und dann säße er in der Falle!

»Ich ... ich glaube nicht, dass das eine gute Idee ist«, brachte er mühsam heraus.

»Und warum nicht?«, fragte Onkel Vladi.

»Weil ... weil ich dir viel besser helfen kann, wenn ich hier draußen Wache halte!«

Onkel Vladi gab keine Antwort. Mit seinen grauen Augen fixierte er Gregor. Wieder kam es Gregor so vor, als würde er vor Onkel Vladi nichts geheim halten können.

Schließlich nickte Onkel Vladi, zu Gregors großer Erleichterung.

»Du hast Recht«, sagte er. »Im Augenblick kannst du mir am besten helfen, wenn du hier Wache stehst!«

Bilder aus der Gruft

Onkel Vladi zog eine Kordel aus seiner Ledertasche und legte sie sich um den Hals. Gregor traute seinen Augen nicht: An der Kordel hingen fünf Knoblauchknollen!

Wie vor den Kopf geschlagen stand er da.

Knoblauch war *das* Abwehrmittel gegen Vampire! Und wenn sich Onkel Vladi Knoblauch um den Hals hängte, konnte es eigentlich nur bedeuten, dass er überhaupt kein Vampir war …

Aber was um alles in der Welt war er dann?

Nun nahm Onkel Vladi seine Ledertasche in die linke

Hand und trat vor die Eisentür. Mit der rechten Hand hielt er seinen Schlüsselbund in die Höhe und schüttelte ihn. Inmitten der Friedhofsstille klang das vielstimmige Klingeln und Klappern seltsam unwirklich.

Gregor spürte, wie sein Gefühl der Beklemmung nachließ. Ob das mit den magischen Kräften der Andreasschlüssel zusammenhing, von denen Onkel Vladi gesprochen hatte?

Jedenfalls überraschte es ihn nicht, dass bereits der erste Schlüssel in das rostige Schloss passte. Onkel Vladi drehte den Schlüssel herum und mit einem schauerlichen Ächzen öffnete sich die Tür.

Gregor strengte seine Augen an, doch hinter den Spinnweben, die von der Decke hingen, sah er nur Dunkelheit. Er bekam eine Gänsehaut. Um keinen Preis würde er dorthinein gehen!

Und sogar Onkel Vladi zögerte. Er drehte sich noch einmal zu Gregor um und schien etwas sagen zu wollen. Aber dann nickte er Gregor nur zu. Aus seiner Ledertasche holte er eine große schwarze Taschenlampe. Er schaltete sie ein und verschwand in der Engelmann'schen Gruft.

Der dumpfe Knall, mit dem die Eisentür hinter ihm zuschlug, ging Gregor durch Mark und Bein. Er horchte, aber die dicken Mauern der Gruft ließen keinen Laut nach außen dringen. Wahrscheinlich würde Gregor es noch nicht einmal hören, wenn Onkel Vladi aus Leibeskräften um Hilfe schrie! Er versuchte sich vorzustellen, welche Gefahren in der Gruft lauern mochten.

Plötzlich merkte er, wie sich das Amulett unter seinem Pullover erwärmte. Ihm fiel ein, dass er vorhin Onkel Vladis Erscheinen in der Küche mit Hilfe des Amuletts vorausgesehen hatte. Außerdem hatte ihn das Amulett wissen lassen, dass Onkel Vladi ein Buch mitbringen würde, in dem etwas über die Engelmann'sche Gruft stand …

Vielleicht würde es ihm jetzt gelingen, durch das Amulett einen Eindruck von den Geschehnissen im Innern der Gruft zu empfangen? Immerhin hatte Onkel Vladi das Amulett mit einem Fernsehgerät verglichen!

Gregor legte seine rechte Hand auf das Amulett und stellte sich vor, in der Engelmann'schen Gruft zu sein.

Eine Weile geschah überhaupt nichts. Aber dann begannen Lichtpunkte vor seinen Augen zu tanzen, immer mehr und immer schneller. Er schloss die Augen. Nun erblickte er einen Mann, der sich langsam durch einen Raum bewegte, in dem mehrere große Kisten standen. Doch das Bild war undeutlich und verwackelt, wie in einem alten Stummfilm. Er konzentrierte sich stärker. In seinen Ohren fing es an zu knacken und zu rauschen und gleich darauf vernahm er Geräusche: schwere Schritte, dann mehrmaliges Räuspern, das von leisem, eindringlichem Sprechen gefolgt wurde. Aber Gregor verstand nur ein einziges Wort: »Dracul!« Danach ertönte das helle Klingeln der Andreasschlüssel.

Als er »Dracul« und den Klang der Andreasschlüssel hörte, wusste er, dass er tatsächlich ein Bild aus dem Innern der Engelmann'schen Gruft empfing!

Ziemlich fassungslos machte er seine Augen auf und blickte zur Gruft hinüber. Dort hatte sich nichts verändert.

Gregor schloss die Augen wieder und richtete seine Gedanken auf das Innere der Gruft.

Aber das Bild, das er diesmal empfing, schien nicht aus der Gruft zu stammen. Verschwommen sah Gregor ein großes gemauertes Tor. Gleichzeitig hörte er schnelle, leichte Schritte. Er konzentrierte sich noch mehr. Nun erkannte er, dass es der Haupteingang des Friedhofs war. Und dann sah er einen Jungen mit schulterlangen braunen Haaren …

»Robert!«, stammelte er und erschrocken riss er die Augen auf.

Niemand war zu sehen.

Doch Gregor zweifelte nicht daran, dass Robert in wenigen Minuten hier sein würde.

»Onkel Vladi!«, rief er zur Engelmann'schen Gruft hinüber.

Und noch einmal: »Onkel Vladi!«

Nichts passierte. Auf einmal durchzuckte ihn der Gedanke, dass er versuchen könnte, Onkel Vladi mit Hilfe des Amuletts zu warnen!

Er lenkte seinen Gedanken auf die Gruft. Aber er sah nur ein formloses Dunkel, in dem sich schemenhaft jemand bewegte.

In der Hoffnung, dass es Onkel Vladi war, schickte Gregor ihm gedanklich die Botschaft: »Robert kommt! Und ich weiß nicht, was ich tun soll.«

Die Stimme von Onkel Vladi erklang. Sie war undeutlich und verzerrt wie in einer gestörten Telefonverbindung.

»Ich kann dich nicht verstehen, Onkel Vladi!«, rief Gregor ihm in Gedanken zu.

»Lauf …«, hörte er ganz schwach die Stimme von Onkel Vladi.

»Ich soll laufen?«, wiederholte er. »Wohin?«

»Lauf… Ro… ent… ge…«, kam bruchstückhaft die Antwort.

»Willst du sagen, ich soll Robert entgegenlaufen?«, fragte er.

Doch nun klickte es in Gregors Ohren und das Bild erlosch.

Er sah zur Gruft hinüber. Die Sonne beschien die geschlossene Eisentür und die beiden verschleierten Figuren. Einen Moment lang hatte Gregor den Eindruck, dass die Steinfiguren schadenfroh grinsten.

Aber das konnte nur eine Täuschung gewesen sein, hervorgerufen durch das Spiel von Licht und Schatten.

Gregor wandte sich ab und lief den Weg zurück, den sie gekommen waren.

Glauben Sie an Vampire?

Gregor rannte, bis die Engelmann'sche Gruft außer Sichtweite war. Danach ging er betont langsam weiter.

Als er Schritte hörte, blieb er sogar stehen, scheinbar in die Betrachtung einer alten, verwitterten Grabplatte versunken.

Kurz darauf ertönte Roberts Stimme: »Hier bist du?«

In gespielter Überraschung drehte er sich um. »Robert? Was machst du denn auf dem Friedhof?«

»Dasselbe wollte ich dich fragen!«

»Ich sehe mir gerade diese Grabplatte an.« Gregor deutete auf die gegen einen Sockel gelehnte Steinplatte. »Es würde mich interessieren, was das Auge bedeuten soll.«

»Welches Auge?«

»Das Auge über der Sanduhr.«

Robert warf einen flüchtigen Blick auf die Grabplatte und knurrte: »Keine Ahnung.«

»Irgendeine Bedeutung muss es doch haben«, fuhr Gregor fort. »Siehst du den Strahlenkranz um das Auge herum? Vielleicht soll es das Auge Gottes sein.«

»Das Auge Gottes? Auf diesem Friedhof?«

»Wieso? Was ist mit dem Friedhof?«

»Spiel bloß nicht den Naivling«, zischte Robert. »Deine Mutter hat mir erzählt, weshalb ihr hier seid – du und dein Onkel aus Transsylvanien!«

»Meine Mutter?«, sagte Gregor zweifelnd. »Und warum sollte sie das ausgerechnet *dir* erzählt haben?«

»Weil ich ihr gezeigt habe, was du heute Morgen in der Schule mit meiner Hand gemacht hast! Danach war sie sehr gesprächig.«

Gregor zuckte zusammen. »Du hast ihr deine Hand gezeigt? Und was hat sie gesagt?«

»Das wirst du schon noch erfahren, wenn du nach Hause kommst! Auf jeden Fall findet mein Opa, ich soll Schmerzensgeld verlangen!«

»Schmerzensgeld?«, murmelte Gregor erschrocken.

»Ja.« Robert war sichtlich mit der Wirkung seiner Worte zufrieden.

»Ich könnte mir allerdings vorstellen, dass ich auf das Schmerzensgeld verzichte«, fügte er großspurig hinzu. »Unter einer Bedingung …«

»Und die wäre?«

»Dass ihr mich mit in die Engelmann'sche Gruft nehmt!«

Gregor versuchte ganz gelassen zu bleiben. »Da musst du etwas falsch verstanden haben. Meine Mutter würde mir niemals erlauben, *in* die Engelmann'sche Gruft zu gehen. – Und wie sollten wir wohl in die Gruft kommen, wenn sie abgeschlossen ist?«, ergänzte er. »Im Übrigen hast du selbst gesagt, dass die Eingangstür mit einem Fluch belegt ist.«

»Dein Onkel wird schon wissen, wie man reinkommt«, entgegnete Robert. Er spähte in die Richtung der Engelmann'schen Gruft. »Ich wette, er ist jetzt in der Gruft! Und dich lässt er Wache schieben.«

»Hier, bei dieser vermoderten Grabplatte?«, sagte Gregor. »Meinst du nicht, ich würde vor der Gruft stehen, wenn ich Wache halten sollte?«

»Und wo ist dein Onkel dann, wenn er nicht in der Engelmann'schen Gruft ist?«, fuhr Robert ihn an.

»Wahrscheinlich ist er nach Hause gegangen.«

»Ach, und dich lässt er auf dem Friedhof zurück? Sag mal, für wie blöd hältst du mich eigentlich?«

»Ich halte dich überhaupt nicht für blöd«, versicherte Gregor.

Robert strich seine öligen Haarsträhnen aus der Stirn. »Warum überzeugen wir uns nicht selbst, ob dein Onkel in der Gruft ist?«

»Besitzt du etwa einen Schlüssel?«

»Natürlich nicht«, fauchte Robert.

Für Gregor völlig überraschend, packte er ihn am Kragen. »Aber dein Onkel hat dir mit Sicherheit ein paar Tricks gezeigt, mit denen man die Eisentür aufkriegen kann!«

»Hat er nicht!« Gregor versuchte aus seinem Griff freizukommen. Doch Robert hatte Hände wie Schraubstöcke.

»Du kommst hier nicht eher weg, bevor du mir die Tricks verraten hast«, verkündete Robert.

»Also gut, du willst es nicht anders ...« Gregor konzentrierte sich auf das Amulett unter seinem Pullover. Er spürte, wie es immer wärmer wurde – bis Robert mit einem Schmerzensschrei die Hände zurückzog.

»Verdammt!«, schimpfte er. »Dein dämlicher Pullover ist ja total elektrisch aufgeladen!«

»Dürfte ich erfahren, was dich so unwiderstehlich in die Engelmann'sche Gruft zieht?«, erklang da Onkel Vladis Stimme.

Wie aus dem Boden gewachsen, stand er plötzlich neben ihnen.

Robert war ein Stück zurückgewichen. »Sind Sie Gregors Onkel?«, fragte er. Doch seine Stimme klang nicht mehr so selbstbewusst.

»Ja«, bestätigte Onkel Vladi. »Und du bist der Junge, der sich die Hand an Gregors Amulett verbrannt hat!«

»Woher wissen Sie das?«

»Du hast *meine* Frage noch nicht beantwortet!«

»Ich ... ähem ... ich sehe mir eben gern alte Gruften an. Das ist schließlich nicht verboten, oder?«

»Verboten ist es nicht«, antwortete Onkel Vladi. »Aber es kann sehr gefährlich werden – lebensgefährlich!«

»Lebensgefährlich?«

»Ja! Vor allem, wenn es sich um die Engelmann'sche Gruft handelt!« Bei den letzten Worten hatte Onkel Vladis Stimme einen unheilvollen Ton bekommen.

Robert setzte eine trotzige Miene auf. »Was soll denn an der Engelmann'schen Gruft Besonderes sein?«

»Das weißt du so gut wie ich!«

»Nein!«

»Und ob du das weißt! Gerade hast du versucht, Gregor zu erpressen, um zu erreichen, dass er dich mit in die Engelmann'sche Gruft nimmt!«

»Ich?«, tat Robert entrüstet. »Hab ich dich etwa erpresst?«, wandte er sich an Gregor.

»Ja«, knurrte Gregor.

»Die Lüge mag noch so geschwind sein, die Wahrheit holt sie doch ein!«, bemerkte Onkel Vladi.

»Na schön.« Robert war rot geworden. »Es stimmt, dass ich mich für die Engelmann'sche Gruft interessiere.«

»Und weshalb?«, fragte Onkel Vladi.

»Weil ich etwas über die Gruft gelesen habe.«

»Und was hast du gelesen?«

»Dass sie von Vampiren bewohnt wird.«

»Glaubst du das?« Onkel Vladi blickte Robert starr in die Augen.

»Na ja ... Ich würde es jedenfalls cool finden.«

»Du würdest es was finden?«

»Cool! Kennen Sie das Wort in Transsylvanien nicht?«

»Nein. Und was bedeutet es?«

»So was Ähnliches wie toll.«

»Du würdest es *toll* finden, wenn die Engelmann'sche Gruft von Vampiren bewohnt wäre?«

»Ja. Das wäre doch wenigstens mal was Neues.«

»Neu?« Onkel Vladi schüttelte den Kopf. »Der Fluch der Vampire ist so alt wie die Welt!«

»Dann glauben Sie an Vampire?«, fragte Robert aufgeregt.

»Jeder glaubt gar leicht, was er fürchtet und was er wünscht«, antwortete Onkel Vladi.

Robert zupfte an seinen Haaren. »Jetzt weiß ich aber nicht, wie Sie das meinen …«

»Und ich weiß noch immer nicht, wo du gelesen hast, dass die Engelmann'sche Gruft von Vampiren bewohnt wird«, erwiderte Onkel Vladi.

»Wo? In einem Buch!«

»Und wie lautet der Titel des Buches?«

»Unsere Heimat erzählt.«

»Würdest du mir das Buch einmal ausleihen?«

»Ich verleihe keine Bücher. Aber Sie können es kaufen, wenn Sie wollen.«

»Betreibst du etwa einen Handel mit deinen Büchern?«

»Nein. Aber Herr Himmel.«

»Das ist der Buchhändler, von dem ich dir erzählt habe«, warf Gregor ein.

»Oh …«, sagte Onkel Vladi. »Ist es der Buchhändler, der dir *Dracula* geschenkt hat?«

Gregor nickte.

»Er hat dir *Dracula*… geschenkt?«, empörte sich Robert. »Ich muss meine Bücher immer teuer bezahlen!«

»Tja …«, meinte Gregor. »Du hast auch keinen Onkel aus Transsylvanien.«

»Haha!«, machte Robert, ohne zu lachen.

»Ich werde mir *Unsere Heimat erzählt* gleich morgen früh besorgen«, kündigte Onkel Vladi an.

»Und jetzt sollten wir nach Hause gehen«, sagte er zu Gregor.

»Schon?«, rief Robert.

»Hast du etwas dagegen einzuwenden?«, erwiderte Onkel Vladi.

Robert scharrte mit der Fußspitze im Sand. »Also, das finde ich nicht fair!«, beschwerte er sich. »Mich nehmen Sie ins Kreuzverhör und Sie selbst verraten überhaupt nichts!«

»Was möchtest du denn wissen?«, antwortete Onkel Vladi.

»Vor allem möchte ich wissen, wie man in die Engelmann'sche Gruft kommt!«

Onkel Vladi zog seine buschigen Augenbrauen in die Höhe und erklärte: »Wo kein Schlüssel passt, da öffnet Geduld.«

»Geduld?«, wiederholte Robert. »Heißt das, man braucht gar keinen Schlüssel?«

»Die Staude der Geduld ist bittrer Art. Doch endlich bringt sie Früchte süß und zart!«, antwortete Onkel Vladi.

Und bevor Robert etwas entgegnen konnte, fasste er Gregor am Arm und sagte: »Komm, Gregor!«

Sieben Lügen braucht's

Nachdem sie eine Weile stumm nebeneinanderher gegangen waren, fragte Gregor: »Und wie war es in der Gruft?«

Onkel Vladi wischte sich mit einem Stofftaschentuch den Schweiß von der Stirn. »Sehr viel schlimmer, als ich erwartet hatte.«

»Ja, aber *was* war so schlimm?«

»Darüber sprechen wir später.«

»Wenn du meinst ...«, sagte Gregor enttäuscht.

Schweigend gingen sie weiter, bis sie Gregors Haus erreichten.

An der Pforte sagte Onkel Vladi: »Würdest du mir einen Gefallen tun?«

»Sicher«, antwortete Gregor. »Und welchen?«

»Es wäre nicht gut, wenn ich deiner Mutter in meiner derzeitigen Verfassung gegenübertreten würde.« Onkel Vladi hustete. »Deshalb möchte ich dich bitten, ihr auszurichten, ich hätte mich hingelegt.«

»Und wann erzählst du mir, was in der Engelmann'schen Gruft passiert ist?«

»Morgen. Wenn du aus der Schule zurückkommst, werden wir beide über vieles zu sprechen haben!«

Onkel Vladi bog in den Plattenweg ein, der zum Anbau führte. Mit dem Schlüssel, der früher Gregors Vater gehört hatte, schloss er die Tür des Anbaus auf und trat ein.

Gregor ging zur Haustür und klingelte. Während er wartete, versuchte er sich vorzustellen, was seine Mutter wohl sagen würde. Nach Roberts Auftritt war sie bestimmt ziemlich verärgert! Vielleicht würde sie sogar verlangen, dass Gregor das Schmerzensgeld selbst bezahlte ...

Aber dann fragte sie als Erstes: »Und wo ist Onkel Vladi?«

»Er war müde und musste sich ausruhen«, erklärte Gregor.

»Onkel Vladi musste sich ausruhen?«, wunderte sie sich. »Aber doch nicht auf dem Friedhof, oder?«

»Nein. Er ist in Papas Büro gegangen.«

»Ach so ...«

»Du siehst auch ziemlich erschöpft aus«, bemerkte sie, als Gregor sich in der Küche ein Glas Saft einschenkte.

»Das kommt von der Mathearbeit«, behauptete er.

Allmählich wurde es ihm unheimlich, dass seine Mutter das Gespräch noch immer nicht auf Robert brachte.

»Ist irgendetwas passiert, als wir auf dem Friedhof waren?«, fragte er.

»Passiert?«, wiederholte sie. »Nein! Was sollte bei uns zu Hause schon passieren?«

»Es könnte jemand hier gewesen sein ...«

Sie schüttelte den Kopf. »Nicht, dass ich wüsste. Ich war allerdings eine Zeit lang im Keller.«

»Und was ist mit Robert?«, fragte Gregor nun ganz direkt.

»Ach ja, Robert!«, fiel ihr ein. »Er hat angerufen und wollte dich sprechen.«

Gregor glaubte sich verhört zu haben. »Wie ... angerufen?«

»Na, wie man eben anruft«, sagte sie mit einem Lächeln. »Man geht zum Telefon und wählt eine Nummer.«

»Robert war *nicht* hier?«

»Nein, warum auch? Er wollte nur wissen, ob Frau Wilhelm euch Hausaufgaben gegeben hat.«

»Und sonst hat er nichts gesagt?«

»Doch. Er hat mir erzählt, dass es ihm in der Schule nicht gut ging und dass er früher nach Hause gehen musste.«

»Und dann hast du ihm gesagt, wo ich bin?«

»Ja. Übrigens hat es mich gefreut, dass er so pflichtbewusst in Bezug auf seine Hausaufgaben ist.«

»Pflichtbewusst?«, platzte Gregor heraus. »Der hatte doch etwas völlig anderes im Sinn!«

»Und was hatte er deiner Meinung nach im Sinn?«

»Das weiß ich nicht«, sagte er hastig.

»Wenn du es nicht weißt, solltest du ihn auch nicht in Misskredit bringen«, erklärte sie tadelnd. »Manchmal bist du sehr voreilig in deinem Urteil über andere Menschen.«

Gregor ballte die Fäuste, sagte aber nichts. Eine Pause entstand.

»Ich glaub, ich leg mich auch ein bisschen hin«, murmelte er dann.

Sie sah ihn besorgt an. »Ich hoffe, ihr brütet nichts aus, du und Onkel Vladi!«

Gregor erschrak. »Was sollten wir denn ausbrüten?«

»Im schlimmsten Fall eine Grippe!«

»Ach, das meinst du ...«, sagte er mit einem erleichterten Lachen.

»Lustig ist eine Grippe nie«, belehrte sie ihn. »Vor allem nicht für jemanden in Onkel Vladis Alter!«

In seinem Bett dachte Gregor noch einmal darüber nach, wie Robert sie alle getäuscht und belogen hatte. Tröstlich war nur, dass er trotz seiner Lügen nichts erreicht hatte: Er war nicht in die Engelmann'sche Gruft gekommen und er hatte auch nichts über die Andreasschlüssel erfahren!

Im Übrigen wusste Gregor jetzt, was er von ihm zu halten hatte. Nie wieder sollte es Robert gelingen, ihn einzuschüchtern, schwor er sich, bevor ihm die Augen zufielen.

Um kurz nach fünf wachte Gregor auf. In der Erwartung, Onkel Vladi zu treffen, ging er ins Wohnzimmer. Seine Mutter war damit beschäftigt, den Tisch zu decken – aber nur für zwei, wie Gregor überrascht feststellte.

»Kommt Onkel Vladi nicht?«, fragte er.

»Ich habe gerade mit ihm gesprochen«, antwortete sie. »Er bittet uns, ihn für heute Abend zu entschuldigen. Die

Anstrengungen der Bahnreise stecken ihm doch noch in den Knochen, meint er.«

Die Anstrengungen der Bahnreise?, dachte Gregor. Es war bestimmt etwas anderes, was Onkel Vladi noch in den Knochen steckte ...

Gregor sah ihn erst wieder, als er am nächsten Tag aus der Schule kam. Den Kopf in die Hände gestützt, saß Onkel Vladi am Küchentisch und las. Auf dem Herd stand der Topf mit dem Indischen Curry, den Gregors Mutter gestern gekocht hatte, und dampfte.

Gregor räusperte sich. »Onkel Vladi?«

»Du bist es, Gregor ...« Onkel Vladi hob den Kopf.

Er trug eine altmodische Nickelbrille und sah noch immer blass und angegriffen aus. »Setz dich doch!«

Gregor nahm auf der gegenüberliegenden Seite des Tisches Platz und spähte neugierig zu dem Buch hinüber, das aufgeschlagen vor Onkel Vladi lag.

»Ist das *Unsere Heimat erzählt?*«, fragte er.

»Ja«, bestätigte Onkel Vladi.

»Und? Ist es interessant?«

»Interessant? Vielleicht, wenn man etwas über verzauberte Kirchenglocken, verhexte Knechte, Erdmännlein oder Regentruden erfahren möchte ...«

»Und was ist mit der Engelmann'schen Gruft?«

Onkel Vladi schüttelte den Kopf. »Ich habe keinen Hinweis auf die Engelmann'sche Gruft entdeckt.« Er schob Gregor das Buch zu. »Du kannst gern einen Blick hineinwerfen.«

Gregor schlug die Seite mit dem Inhaltsverzeichnis auf.

»Es scheint wirklich nichts über die Gruft drinzustehen«, sagte er ungläubig.

»Es scheint nicht nur so«, erwiderte Onkel Vladi. »Die Engelmann'sche Gruft wird nicht ein einziges Mal erwähnt. Und ich habe das Buch von der ersten bis zur letzten Seite gelesen.«

Gregor ballte die Fäuste. »Robert ist ein gemeiner Lügner! Heute Morgen in der Schule hat er behauptet, er würde eigentlich nie lügen. Auf dem Friedhof hat er mich angeblich nur angelogen, weil er so neugierig auf die Engelmann'sche Gruft war.«

»Wer einmal lügt, muss oft zu lügen sich gewöhnen, denn sieben Lügen braucht's, um eine zu beschönen!«, erklärte Onkel Vladi.

»Aber woher wusste Robert, dass die Engelmann'sche Gruft von Vampiren bewohnt ist?«, überlegte Gregor laut.

»Ich glaube nicht, dass er irgendetwas weiß«, entgegnete Onkel Vladi. »Im Übrigen hatte ich von Anfang an meine Zweifel. Ein Buch, das in Buchhandlungen ganz offen zum Verkauf angeboten wird, kann nicht viel Wahres über die Engelmann'sche Gruft enthalten.«

»Aber du hast doch auch ein Buch darüber«, wandte Gregor ein.

Onkel Vladi lächelte. »Das Buch, das ich besitze, wirst du in keiner Buchhandlung finden. Es wurde von unserem Ahnherrn Anselm Rabenau verfasst – in einer Geheimschrift!«

»In einer Geheimschrift?«, sagte Gregor. »Dann kann man gar nicht lesen, was in dem Buch steht?«

»O doch, wir Rabenaus schon! Der Schlüssel zur Entzifferung der Geheimschrift wird in unserer Familie von Generation zu Generation weitergegeben. Eines Tages wirst du, Gregor, dieses Buch und den Schlüssel zur Geheimschrift von mir bekommen!«

»Ich?« Gregor überlief ein Schauer. »Und wann?«

»Sobald die Zeit reif ist«, antwortete Onkel Vladi.

»Ich würde aber gern jetzt schon wissen, was es mit der Engelmann'schen Gruft auf sich hat!«

»Du sollst heute alles erfahren, was für dich von Wichtigkeit ist!«, erklärte Onkel Vladi.

Er nahm die Brille ab und legte sie in ihr Etui zurück.

Die schwarze Kutsche

Vor zweihundert Jahren lebte in Bistritz ein reicher und mächtiger Gutsherr, der wegen seines tyrannischen Charakters allgemein gefürchtet war«, begann Onkel Vladi. »Im Alter von dreiundsechzig Jahren verliebte er sich in die sechzehnjährige Innocentia, die von besonderer Anmut und Schönheit war. Innocentia war die Tochter seines Gutsverwalters Johann Engelmann und dessen Frau Leonore, die viele Jahre lang vergeblich auf ein eigenes Kind gehofft hatten.

Aus Dankbarkeit über Innocentias Geburt und um sie vor bösen Geistern zu beschützen, hatte Johann Engelmann unter Innocentias Fenster einen Rosenbusch sowie einen Wacholderstrauch gepflanzt. In Bistritz erzählte man, dass Innocentias Haar deshalb so schwarz wie die Beeren des Wacholders war, ihre Augen so grün wie seine Nadeln und ihre Haut so weiß und zart wie die Blüten der Rose.

Innocentia war dem jungen Goldschmied Anselm Rabenau versprochen, den sie von Herzen liebte und der ihre Gefühle erwiderte. Doch der skrupellose Gutsherr, der seit einiger Zeit Witwer war, zwang Innocentias Vater, sie ihm zur Frau zu geben.

Innocentia versuchte sich in ihr Schicksal zu fügen, aber sie konnte für den jähzornigen, gewalttätigen Gutsherrn keine Liebe empfinden. Und so traf sie sich heimlich mit Anselm Rabenau. Eines Tages wurde sie dabei von dem Gutsherrn überrascht. Rasend vor Eifersucht, sperrte er sie in einer Kammer des Gutshofes ein und sorgte dafür, dass Anselm Rabenau die Stadt verlassen musste. Nicht lange darauf wurde der Gutsherr krank. Noch auf seinem Sterbebett ließ er Innocentia schwören, niemals wieder zu heiraten. Und für den Fall, dass sie ihren Schwur brechen sollte, drohte er, von den Toten zurückzukehren und sie umzubringen. Aus Angst, dass er seine Drohung wahr machen könnte, ließ Innocentia ihn nicht in der Kapelle des Gutshofes bestatten, sondern auf dem Friedhof, der am anderen Ufer des Flusses, der Bistritz, lag.

Nun schienen glücklichere Zeiten für Innocentia angebrochen zu sein, und als nach einigen Wochen Anselm Rabenau erneut um ihre Hand anhielt, willigte sie freudig ein, seine Frau zu werden. Aber dann hörten Innocentias

Eltern in der Nacht vor der Hochzeit entsetzte Schreie aus ihrem Zimmer.

Gleichzeitig vernahmen sie das Geräusch einer sich rasch entfernenden Kutsche.

Da die Tür zu Innocentias Zimmer von innen verschlossen war, musste ihr Vater sie gewaltsam öffnen. Beim Eintreten sahen sie ihre Tochter leblos auf dem Bett liegen. Sie untersuchten die ohnmächtige Innocentia und fanden, dass ihr Körper mit Blutergüssen und Striemen wie von Peitschenhieben übersät war. An ihrem Hals jedoch entdeckten sie zwei Wunden, die wie Bisse aussahen.

Sobald Innocentia das Bewusstsein wiedererlangt hatte, berichtete sie, ihr verstorbener Mann, der frühere Gutsherr, sei neben ihrem Bett erschienen, habe sie auf das Fürchterlichste beschimpft, sie geschlagen, gekratzt und gebissen. Innocentias Eltern glaubten, dass es nur ein schrecklicher Traum gewesen sein konnte. Allerdings wussten sie keine Erklärung für ihre Verletzungen.

Am nächsten Morgen meldete der Soldat, der auf dem anderen Ufer der Bistritz stationiert war, um Mitternacht habe eine schwarze Kutsche die Brücke passiert, ohne seine Zurufe zu beachten und ohne den vorgeschriebenen Brückenzoll zu entrichten. Kurz vor Sonnenaufgang sei die Kutsche wieder an ihm vorbeigefahren, diesmal aus Bistritz kommend.

Daraufhin wurden die Wachen verstärkt. Doch Nacht für Nacht wiederholte sich derselbe Vorgang: Die Zollschranke hob sich wie von selbst und die schwarze Kutsche fuhr an den Soldaten vorbei, die sich vergeblich bemühten sie aufzuhalten. Wenig später rollte die Kutsche in den Gutshof ein und Anselm Rabenau, Innocentias Eltern und die Bediensteten, die auf dem Gutshof Wache hielten, fielen in einen tiefen Schlaf. Und jeden Morgen fanden sie Innocentia mit neuen, schrecklichen Wunden vor. Sie wurde zusehends schwächer und der Termin der Hochzeit rückte in immer weitere Ferne.

Ärzte wurden an ihr Bett gerufen, aber keiner konnte ihr helfen.

Am siebten Tag erschien der Pfarrer und nahm eine Dämonenvertreibung vor. Doch am nächsten Morgen ging es Innocentia schlechter denn je.

Anselm Rabenau drängte nun darauf, sie an einen Ort zu bringen, an dem sie vor ihrem nächtlichen Peiniger sicher sein würde. Innocentia war aber schon zu schwach zum Reisen. So wurden die Wachen an der Brücke um weitere fünfzig Mann verstärkt. Sie erhielten die Anweisung, die Kutsche unter allen Umständen aufzuhalten.

Um Mitternacht hörte man ihr Herannahen aus der Richtung des Friedhofs.

Die Soldaten stellten sich der Kutsche entgegen. Der Offizier trat vor und rief: »Im Namen des Königs, wer seid Ihr?«

Am Fenster der Kutsche erschien ein wohl bekannter Kopf und Hohn lachend erwiderte der verhasste Gutsherr: »Ich bin es! Wer sonst?«

In demselben Augenblick wurden der Offizier und die Soldaten von einer unsichtbaren Macht zur Seite gestoßen und die Kutsche schoss davon – schneller, als sie je eine Kutsche hatten fahren sehen.

Am Morgen darauf lag Innocentia kalt und bleich in ihrem Bett. Es war nur noch ein ganz schwacher, unregelmäßiger Puls feststellbar.

Da griff der Pfarrer zu dem allerletzten Mittel, das er hatte: Er ordnete an, den verstorbenen Gutsherrn wieder auszugraben. Man fand ihn mit weit geöffneten Augen im Sarg liegen. Seine Glieder waren weich und beweglich, die Haut hatte eine gesunde rosige Farbe und seine Fingernägel waren gewachsen. Als der Pfarrer einen kleinen Einschnitt auf seinem Handrücken machte, floss frisches Blut aus der Wunde.

Hiermit stand unzweifelhaft fest, dass der Gutsherr zum Vampir geworden war. Auf Befehl des Offiziers schlug ihm ein Soldat den Kopf ab, ein anderer trieb einen Pflock aus Eichenholz durch sein Herz. Dann sprach der Pfarrer die notwendigen Formeln und der Leichnam des Gutsherrn wurde aufs Neue beerdigt.«

Onkel Vladi schwieg.

»Und Innocentia?«, fragte Gregor.

»Innocentia ...« Onkel Vladi stieß einen tiefen, bekümmerten Seufzer aus. »Sie überlebte die Nacht nicht. Als sie um Mitternacht starb, waren nur ihr Vater und Anselm Rabenau bei ihr. Von seinem Schmerz überwältigt, vergoss Anselm bittere Tränen. Doch Johann Engelmann war wie versteinert. Er wusste, was Innocentias Tod bedeutete. Wäre sie am Leben geblieben, so hätte sie vielleicht gerettet werden können. Aber nun würde der Pfarrer, wenn ihn die Kunde von Innocentias Tod erreichte, mit ihrem Leichnam genauso verfahren wie mit dem des früheren Gutsherrn ...«

Gregor erschauerte.

»Dieses Los wollte Johann Engelmann seiner Tochter ersparen«, fuhr Onkel Vladi fort. »Und so beschloss er, Innocentia noch in derselben Nacht auf dem Gutshof beizusetzen. Es fiel ihm nicht schwer, Anselm Rabenau für seinen Plan zu gewinnen. Gemeinsam brachten sie Innocentias Leichnam in die Kapelle und legten ihn in einen leeren Sarg. Am nächsten Morgen ließ Johann Engelmann in Bistritz die Nachricht verbreiten, Innocentias Zustand habe sich so weit gebessert, dass sie zu Verwandten nach Deutschland gereist sei.«

Onkel Vladi tupfte sich den Schweiß von der Stirn.

»Aber das war noch nicht das Ende, oder?«, fragte Gregor.

»Ganz recht. Das war nur der erste, historische Teil der Geschichte, über den auch die alten transsylvanischen Chroniken berichten. Worüber du nichts in den Chroniken finden wirst, ist der zweite, persönliche Teil der Geschichte, denn der betrifft unsere Familie. Er hat uns Rabenaus zu dem gemacht, was wir heute sind.«

Da klingelte das Telefon. Wie in einem schlechten Film!, dachte Gregor.

»Willst du nicht antworten?«, fragte Onkel Vladi.

»Nein, warum?«

»Und wenn es deine Mutter ist?«

Gregor ging an den Apparat im Wohnzimmer.

Es war tatsächlich seine Mutter, die wissen wollte, ob ihnen der Indische Curry geschmeckt habe. Gregor erklärte, sie hätten ihn noch gar nicht probiert, weil er »zu heiß« gewesen wäre.

»Und wie geht es mit dir und Onkel Vladi?«, fragte sie. »Versteht ihr euch gut?«

»Ja, sehr gut. Onkel Vladi erzählt mir gerade alte Familiengeschichten.«

»Das freut mich!«, sagte sie erleichtert. »Und habt ihr schon die Mathearbeit zurückbekommen?«

»Ja …«

»Und? Wie ist sie ausgefallen?«

»Ziemlich schlecht.« Gregor zählte auf: »Eine Sechs, sieben Fünfen, der Rest Vieren und Dreien – ja, und eine Eins.«

Einen Moment lang war es am anderen Ende der Leitung still.

Dann fragte sie mit belegter Stimme. »Und welche Note hast du?«

»Kannst du dir das nicht denken?«, entgegnete Gregor.

»Eine Drei?«

»Nein.«

»Eine Vier?«

»Nein …«

Wieder zögerte sie. »Etwa eine Fünf?«

»Auch nicht.«

»Du hast doch nicht die Sechs, oder?« Ihre Stimme zitterte.

»Mama!«, tat Gregor entrüstet. »Ich habe die Eins!«

»Du hast die Eins?«

»Ja! Das hättest du nicht erwartet, stimmt's?«, sagte er und genoss seinen Triumph.

»Ein wenig überrascht bin ich«, gab sie zu. »Darin zeigt sich bestimmt schon der gute Einfluss von Onkel Vladi!«

»Wahrscheinlich«, sagte Gregor.

In Gedanken fügte er hinzu: Vor allem der gute Einfluss von Onkel Vladis Amulett!

Anschließend ermahnte sie ihn noch, das Essen nicht zu vergessen.

Dann legte sie auf.

Frei und freiwillig

Herzlichen Glückwunsch zur Eins!«, bemerkte Onkel Vladi, als Gregor die Küche betrat.

»Du konntest hören, was ich gesagt habe?«

»Gute Nachrichten haben Flügel«, erklärte Onkel Vladi.

Gregor nahm wieder am Tisch Platz. »Erzählst du mir jetzt, wie es in der Geschichte von Innocentia und Anselm Rabenau weiterging?«

»Ja.« Onkel Vladi trank einen Schluck Mineralwasser. »Niemand in Bistritz zweifelte daran, dass Innocentia tatsächlich zu ihren Verwandten nach Deutschland gereist war. Und so schöpfte auch niemand Verdacht, als kurz darauf Innocentias Vater an einem rätselhaften Leiden erkrankte. Ohne dass sich klar erkennbare Krankheitszeichen bei ihm fanden, wurde er doch immer hinfälliger und schwächer. Nach nur einer Woche starb er. Nun wurde Innocentias Mutter von demselben rätselhaften Leiden ergriffen. Die Ärzte versuchten alles in ihrer Macht Stehende, um ihr Leben zu retten, aber sie starb vier Tage später. Sie wurde neben ihrem Gatten auf dem Hauptfriedhof beigesetzt, wie die alten Bistritzer Chroniken berichten.«

»Und Anselm Rabenau?«, fragte Gregor. »Steht in den Chroniken auch etwas über ihn?«

»In den Bistritzer Chroniken wird Anselm Rabenau nur in Verbindung mit Innocentias bevorstehender zweiter Vermählung erwähnt. Danach erscheint sein Name nicht mehr. Wir Rabenaus wissen natürlich sehr genau, wie es mit unserem Ahnherrn weiterging, da er uns seine Aufzeichnungen hinterlassen hat. Nach Innocentias Tod hatte sich Anselm Rabenau völlig von der Welt zurückgezogen. Er hatte seine Gehilfen entlassen und die Goldschmiedearbeiten ließ er unfertig liegen. Sein Denken kreiste nur noch um Innocentia. Wie besessen arbeitete er an ihrem Porträt, das er in einen Bergkristall aus den Karpaten, einen so genannten Marmaroscher Diamanten, eingraviert hatte. Aber ihr Gesicht in dem Porträt trug unübersehbar bösartige, ja teuflische Züge. Eines Nachts, als Anselm wegen seines Unvermögens, Innocentias Tugend und Liebreiz abzubilden, besonders deprimiert war, klopfte es an seiner Tür.

Er wünsche niemanden zu sehen, rief er. Doch das Klopfen wurde lauter, drängender, bis er schließlich öffnete. Vor ihm stand Innocentia, so anmutig und lieblich, wie er sie in Erinnerung hatte.

Sie lächelte ihm zu und fragte, ob sie hereinkommen dürfe.

Er konnte nur nicken, so überwältigt war er. Innocentia trat an ihm vorbei in die Werkstatt. Mit zärtlicher Stimme bat sie Anselm, sein Amulett abzulegen, das er um den Hals trug.«

Hier machte Onkel Vladi eine Pause und sah Gregor erwartungsvoll an.

»Sein Amulett?« Gregor spürte, wie das Amulett unter dem Pullover eine intensive Wärme auszustrahlen begann. »War es das Amulett, das du *mir* mitgebracht hast?«

»Ja«, bestätigte Onkel Vladi.

Ein Schauer lief Gregors Rücken hinunter.

»Anselm Rabenau fertigte das Amulett unmittelbar nach Innocentias Tod an«, erklärte Onkel Vladi. »In der Nacht, als sie starb, verlor der Rosenbusch unter ihrem Fenster alle Blüten. Anselm hob die Rosenblüten auf, denn er fühlte, dass Innocentias unschuldiges, reines Wesen in ihnen eingefangen war. Er brach sich auch einen Zweig vom Wacholder als Sinnbild seiner Liebe zu Innocentia, die niemals enden sollte, so, wie der Wacholder immer grün bleibt. Später schmiedete er in seiner Werkstatt das Amulett und füllte es mit Rosenblüten und den Nadeln und Beeren des Wacholders.«

»Dann ist es der Wacholder, der so muffig riecht?« Gregor zog das Amulett aus seinem Pullover.

»Muffig?«, wiederholte Onkel Vladi. »Für dich sollte

das Amulett nicht unangenehm riechen. Immerhin bist du ein Rabenau!«

»Aber es riecht irgendwie streng.« Gregor hielt das Amulett unter seine Nase.

»Jetzt duftet es plötzlich nach Rosen«, sagte er verwundert.

»Es duftet nach transsylvanischen Rosen, weil wir von Innocentia sprechen«, erklärte Onkel Vladi.

»Und hat Anselm Rabenau das Amulett abgelegt, wie Innocentia es wollte?«, fragte Gregor.

»Unglückseligerweise ja«, antwortete Onkel Vladi. »Er nahm die Kette ab und wollte sie Innocentia reichen, da er glaubte sie mit dem Amulett erfreuen zu können. Doch sie erbleichte und begann am ganzen Körper zu zittern. So legte Anselm das Amulett rasch in eine Schublade. Kaum hatte er das getan, hörte er Innocentia leise lachen. Das werde er nicht bereuen, flüsterte sie und umarmte ihn. Ein Schwindel erfasste ihn. Er hatte das Gefühl, in einen Strudel geraten zu sein, der ihn mit sich riss …

Als Anselm wieder zu sich kam, stand die Sonne bereits tief am Himmel. In der Hoffnung, eine Spur von Innocentia zu entdecken, durchsuchte er jeden Winkel seiner Werkstatt. Doch er fand nur die Kette mit dem Amulett, die noch immer in der Schublade lag.

Vielleicht hatte er Innocentias Besuch nur geträumt, überlegte er. Aber sie hatte so lebendig gewirkt! Anselm wusste nicht mehr, was er denken sollte. In seiner Verwirrung beschloss er sich Innocentias Eltern anzuvertrauen.«

»Innocentias Eltern? Die waren doch gestorben!«, entgegnete Gregor.

»Ja. Nur diese traurige Nachricht war nicht bis zu Anselm Rabenau gedrungen«, sagte Onkel Vladi. »Und so hängte er sich die Kette mit dem Amulett wieder um den Hals und machte sich auf den Weg zum Gutshof.

Es war bereits Nacht, als Anselm dort eintraf. Umso sonderbarer kam es ihm vor, dass der Gutshof in völliger Dunkelheit lag. Ob Innocentias Eltern aus Kummer über den Tod ihrer Tochter Bistritz verlassen hatten, fragte er sich. Aber dann mussten auf jeden Fall die Dienstboten anwesend sein!

Anselm zog an der Glockenschnur. Er hörte den Ton der Glocke, doch sonst blieb alles still. Er läutete noch einmal. Endlich erklangen Schritte und durch die Ritzen der Tür sah er, wie sich ein Licht näherte. Nun vernahm er das Klirren von Ketten und das Dröhnen schwerer Riegel, die zurückgeschoben wurden. Dann drehte sich ein Schlüssel im Schloss. Die Tür ging auf und Anselm blickte in das Gesicht von Johann Engelmann. Innocentias Vater trug einen bodenlangen schwarzen Mantel und in der Hand hielt er einen Kerzenhalter mit einer weit heruntergebrannten Kerze. Lächelnd begrüßte er Anselm und forderte ihn auf frei und freiwillig die Schwelle zu überschreiten. Anselm Rabenau blieb jedoch unschlüssig stehen. Nach dem Tod des Gutsherrn war er so oft auf dem Gutshof zu Gast gewesen, dass für sein Empfinden keine Einladung mehr nötig war, vor allem keine förmliche wie diese: die Schwelle frei und freiwillig zu überschreiten!

Mit einem lauernden Blick fragte Johann Engelmann, worauf Anselm noch warte? Innocentia sei bestimmt schon ganz ungeduldig!

Also habe er sich nicht getäuscht und Innocentia sei gar nicht tot, rief Anselm. Das wurde von Johann Engelmann bestätigt. Dabei zuckte es um seine Mundwinkel und plötzlich glichen seine Züge den boshaften Innocentias in dem Porträt.

Ein heimliches Grauen erfasste Anselm. Aber dann dachte er an Innocentia und mit sehnsüchtig klopfendem Herzen trat er über die Schwelle. Sobald er auf gleicher Höhe mit Johann Engelmann war, geschah etwas Seltsames: Das Amulett wurde sehr warm und ein bittersüßer Geruch breitete sich aus.

Anselm fand den Geruch nicht unangenehm, aber Johann Engelmann stöhnte auf und griff sich an die Brust. Der Kerzenhalter fiel ihm aus der Hand und die Kerze verlosch. Trotzdem wurde es nicht dunkel, weil nun etwas noch Seltsameres passierte: Anselm Rabenaus Amulett begann zu leuchten!

Johann Engelmann drehte den Kopf zur Seite und beschwor Anselm, die Kette mit dem Amulett abzunehmen. Das Licht sei nicht gut für seine Augen und der Geruch mache es ihm unmöglich zu atmen.

Überrascht entgegnete Anselm, das Amulett enthalte nur Blütenblätter von Innocentias Rosenbusch und Beeren und Nadeln von ihrem Wacholder. Und den Rosenbusch und den Wacholderstrauch habe doch er, Innocentias Vater, eigenhändig unter ihrem Fenster gepflanzt!

Johann Engelmann bedeckte seine Augen mit den Händen, da das Amulett unvermindert hell leuchtete.

Er habe Innocentias Rosenbusch und ihren Wacholderstrauch beim Pflanzen mit kraftvollen Bannsprüchen belegt, sagte er. Deshalb seien es keine gewöhnlichen Rosenblüten und Wacholderbeeren!

Anselm bat ihn mehr über diese Bannsprüche zu erzählen. Johann Engelmann erklärte, die Rosenblüten und die Wacholderblüten könnten ihm und Innocentia großen Schaden zufügen. Und sicherlich wolle Anselm nicht, dass Innocentia seinetwegen leiden müsse.

Das wolle er selbstverständlich nicht, versicherte Anselm.

Dann solle er endlich das Amulett abnehmen, verlangte Johann Engelmann.

Um Zeit zu gewinnen, fragte Anselm, wohin er das Amulett denn legen solle.

In barschem Ton erwiderte Johann Engelmann, er solle das verfluchte Amulett in die Truhe neben der Tür legen, ihren Schlüssel aus dem Schloss ziehen und in den Hof werfen.

Anselm entgegnete, er könne nicht verstehen, weshalb Johann Engelmann dermaßen gegen das Amulett eingenommen sei. Für ihn würden sich nur schöne Erinnerungen und positive Gefühle mit den Rosenblüten und den Wacholderbeeren verbinden.

Wie um seine Worte zu unterstreichen, begann das Amulett nun in kurzen Abständen zu blinken. Johannn Engelmann stieß einen Schmerzensschrei aus und mit dem Ausruf ›Zur Hölle mit dem Amulett‹ drehte er sich um und eilte den dunklen Flur hinunter.«

Zwei kleine Wunden am Hals

Onkel Vladi füllte sein Glas noch einmal mit Mineralwasser und trank, bevor er in seiner Erzählung fortfuhr: »Vom Licht des Amuletts geleitet, durchwanderte Anselm Rabenau die langen Flure des Gutshauses. Tür um Tür öffnete er in der Erwartung, auf Innocentia zu treffen. Doch das Gutshaus war wie ausgestorben und nirgendwo entdeckte er eine Menschenseele. Laut rief er Johann Engelmanns Namen. Aber er hörte nur seine eigene Stimme unheimlich durch die verlassenen Räume hallen.

Im Salon blieb er vor dem aus Feldsteinen gemauerten Kamin stehen.

Wie oft hatte er hier mit Innocentia gesessen und dem Spiel der Flammen zugesehen, während sie über ihre gemeinsame Zukunft gesprochen hatten. Auch jetzt war im Kamin das Holz aufgeschichtet, doch es brannte kein Feuer.

Er fröstelte. Plötzlich wurde ihm bewusst, wie kalt es im Haus war.

Konnte es sein, dass zur Zeit niemand auf dem Gutshof wohnte, überlegte er. Aber wieso hatte ihm Johann Engelmann dann die Tür geöffnet? Und wieso hatte er gesagt, Innocentia würde bereits ungeduldig auf ihn warten?

Anselm Rabenau schwirrte der Kopf. Ob er nicht mehr zwischen Wirklichkeit und Traum unterscheiden konnte und sich Dinge einbildete, die nur in seiner Phantasie existierten? Und musste er dann nicht fürchten, dass er dabei war, den Verstand zu verlieren?

Doch es gab einen Ort, an dem er Antwort auf seine Fragen finden würde: die Kapelle des Gutshofes. Auch wenn es ihn große Überwindung kosten würde, Innocentias Ruhestätte noch einmal zu betreten… nur dort konnte er Gewissheit über ihr tatsächliches Schicksal erlangen!

Er verließ das Gutshaus durch den Seitenausgang und lenkte seine Schritte zu der Kapelle, die in einem kleinen Waldstück lag. Vor der Kapelle wurde ihm auf einmal bewusst, dass er keinen Schlüssel hatte. Ohne große Hoffnung drückte Anselm den Griff herunter. Zu seiner Verwunderung war die Tür nicht verschlossen. Völlig lautlos öffnete sie sich nach innen. Auch das überraschte Anselm, denn in jener Nacht, als sie Innocentias leblosen Körper hierher gebracht hatten, war die Tür äußerst schwer und unter schauerlichem Quietschen und Knarren aufgegangen.

Kalte, modrige Grabesluft schlug ihm entgegen und der Drang zu fliehen wurde beinahe übermächtig. Aber nun begann sein Amulett, das auf dem Weg zur Kapelle nur schwach geschimmert hatte, einen außerordentlich hellen Lichtstrahl auszusenden. Und in diesem Licht erblickte Anselm – Innocentia!«

Onkel Vladi legte eine Pause ein.

»Und?«, drängte Gregor.

»Das Licht musste Innocentia heftiges Unbehagen bereiten«, fuhr Onkel Vladi fort. »Sie schrie auf und wich zurück. Das verführerische Lächeln, das sie zur Schau getragen hatte, gefror und wurde von einem Ausdruck der Wut abgelöst. Sie gab ein raues, kehliges Knurren von sich und zeigte ihre Zähne, die länger und spitzer geworden waren. Vor allem ihre Eckzähne waren gewachsen, wie es Anselm schien, der nun auch das getrocknete Blut in ihren Mundwinkeln bemerkte. Besorgt fragte er, ob sie verletzt sei und ob er etwas tun könne, um ihr zu helfen. Er könne sogar sehr viel für sie tun, antwortete sie. Als Erstes müsse er sich allerdings von seinem Amulett trennen – und zwar für immer! Kaum hatte sie das gesagt, wurde das Amulett sehr heiß und aus seinen Öffnungen kam Rauch, der scharf und bitter roch. Innocentia krümmte sich und rang nach Luft. Anselm wollte sie in seine Arme nehmen, doch sie stieß ihn zurück. Dann floh sie aus der Kapelle.«

Onkel Vladi atmete schwer.

»Das war knapp ...«, murmelte Gregor.

»Knapp?«, wiederholte Onkel Vladi.

»Ja. Fast wäre er von Innocentia gebissen worden.«

»Aber sie hatte ihn doch schon gebissen!«

»Sie hatte ihn schon gebissen?«

Onkel Vladi nickte traurig. »Das Unglück hatte sich bereits in der Nacht zuvor in Anselms Werkstatt ereignet, als er so leichtsinnig gewesen war, sein Amulett abzunehmen. Nur besaß er keine Erinnerung mehr daran.«

»Hatte er denn keine Bissstellen?«

»Beim Blick in den Spiegel waren ihm zwei kleine Wunden an seinem Hals aufgefallen. Doch er hatte sie für Insektenstiche gehalten.«

Gregor erschauerte. »Dann musste Anselm Rabenau jetzt auch ... Vampir werden?«

»Nicht, solange er am Leben blieb«, antwortete Onkel Vladi. »Aber er befand sich in höchster Gefahr. Sein einziger Schutz war das Amulett. Solange er sein Amulett trug, konnten ihm die Mächte des Bösen und der Finsternis nichts anhaben. Aber das wusste Anselm nicht. Er fühlte nur eine bleierne Müdigkeit und den heftigen Wunsch, diesen Ort so rasch wie möglich zu verlassen. Er kehrte in seine Werkstatt zurück, und einer Vorahnung folgend, verriegelte er sorgfältig die Tür und die Fenster. Dann legte er sich schlafen, ohne das Amulett abzunehmen. In dieser Nacht klopfte es zweimal an seiner Tür und er meinte sogar Innocentias Stimme zu vernehmen. Doch er antwortete nicht.

Am nächsten Morgen machte er sich in aller Frühe auf den Weg in die Stadt, um Erkundigungen einzuziehen. Wie bestürzt war Anselm, als er erfuhr, dass Innocentias Eltern gestorben waren und dass der Gutshof seit ihrem Tod in dem Ruf stand, verflucht zu sein! Man erzählte ihm, niemand würde den Gutshof mehr betreten, nachdem einer der Knechte an demselben rätselhaften Leiden erkrankt sei wie Innocentias Eltern. Er sei jedoch mit dem Leben davongekommen. Kurze Zeit später habe ein ungewöhnliches Viehsterben in der Nachbarschaft begonnen. Außerdem würden die Bauern der umliegenden Höfe von nächtlichen Überfällen berichten, bei denen eine schwarz gekleidete Gestalt versuche, sie an der Kehle zu packen. Ein Schafhirte, der seine Herde auf dem Borgo-Pass weidete, habe zu Protokoll gegeben, in der schwarz gekleideten Gestalt den früheren Gutsherrn erkannt zu haben. Darauf habe man sein Grab ein zweites Mal geöffnet. Doch habe man den Leichnam des Gutsherrn im Stadium des normalen Verfalls vorgefunden, ohne jedes Anzeichen seines früheren Vampirzustandes.«

»Und erzählte Anselm, dass er Johann Engelmann auf dem Gutshof getroffen hatte«, fragte Gregor.

»Nein. Anselm Rabenau schwieg zu diesen äußerst beunruhigenden Nachrichten. Er war viel zu erschüttert und zu verwirrt, um einen klaren Gedanken zu fassen. Erst als er in der Abgeschiedenheit seiner Werkstatt noch einmal über alles nachdachte, begriff er die schreckliche Wahrheit.«

»Dass Innocentia ein Vampir geworden war?«

»Ja. Aber das war nur ein Teil der Wahrheit, wenngleich der schmerzlichste Teil für ihn. Doch auch Innocentias Eltern, Johann und Leonore Engelmann, waren zu Vampiren geworden. Und er, Anselm Rabenau, trug die Schuld daran!«

»Anselm? Trug nicht der Gutsherr die Schuld?«, entgegnete Gregor.

»Sicherlich hatte er das Übel in die Welt gebracht«, stimmte Onkel Vladi zu. »Aber die gequälte Seele des früheren Gutsherrn war befreit worden, als die Soldaten seinen Kopf abschlugen und einen Pflock durch sein Herz trieben. Innocentias Seele dagegen war noch in ihrer leiblichen Hülle gefangen. Solange sie nicht erlöst wurde, musste Innocentia Tod und Verderben über die Menschheit bringen.«

Er zog ein frisches Stofftuch aus seiner Jackentasche und betupfte sich damit die Schläfen. »Und es war Anselms Schuld, dass sich Innocentia in eine Blut saugende Untote, eine Wiedergängerin, eine Ausgeburt der Hölle verwandelt hatte!«

»Das verstehe ich nicht«, sagte Gregor. »Ich finde, Anselm hatte überhaupt nichts getan.«

»O doch! Er hatte die Drohung ignoriert, die der Gutsherr auf seinem Totenbett ausgesprochen hatte«, erwiderte Onkel Vladi. »Anselm war nach Bistritz zurückgekehrt und hatte um Innocentias Hand angehalten, obwohl er wusste, dass er sie damit in Lebensgefahr brachte.«

»Aber der Gutsherr war doch schon gestorben, als Anselm nach Bistritz zurückkam …«

»Eben deshalb hätte Anselm Rabenau besonders vorsichtig sein müssen! Wenn jemand gestorben ist, bedeutet es nicht, dass er den Hinterbliebenen keinen Schaden mehr zufügen kann – jedenfalls nicht bei uns in Transsylvanien!«

Onkel Vladi trank einen großen Schluck Mineralwasser. »Und dann hatte er Innocentias Vater geholfen, ihren

Leichnam in der Kapelle des Gutshofes zu verstecken und in Bistritz die Unwahrheit über ihr Schicksal zu verbreiten. Es wäre jedoch Anselms Pflicht gewesen, Johann Engelmann von seinem Tun abzubringen! Und er hätte, nachdem er seinen ersten Schock überwunden hatte, eine vertrauenswürdige Person einweihen müssen, denn zu diesem Zeitpunkt wäre es noch möglich gewesen, das Schlimmste zu verhindern. Anselm Rabenau war jedoch vollkommen passiv geblieben. Ja, in seinem Schmerz hatte er der Welt den Rücken gekehrt. Damit hatte er zugelassen, dass das Böse in Innocentia stark und mächtig geworden war und seinen verhängnisvollen Raubzug begonnen hatte, dessen erstes Opfer ihr eigener Vater werden sollte.

Anselm Rabenau aber musste sich nun als Mörder fühlen!«

»Als Mörder?«

»Ja!«, bestätigte Onkel Vladi. »Wir werden nicht nur schuldig durch das, was wir tun. Manchmal werden wir auch schuldig durch das, was wir *nicht* tun!«

Eine weise Frau mit dem Namen Rufina

Die grauenvollen Ereignisse lösten bei Anselm Rabenau ein schweres Nervenfieber aus, das ihn wochenlang ans Bett fesselte«, nahm Onkel Vladi seine Geschichte wieder auf. »In dieser Zeit pflegte ihn eine weise Frau mit dem Namen Rufina, die in der Nachbarschaft wohnte.«

»Eine weise Frau?«, wiederholte Gregor. »War sie so etwas wie eine Zauberin?«

»Weise Frauen hießen früher die Hebammen«, erklärte Onkel Vladi. »Als Rufina merkte, dass sich niemand um den fiebernden, von Wahnvorstellungen und Angstzuständen gequälten Anselm Rabenau kümmerte, ging sie jeden Tag zu ihm und brachte ihm Getränke und Speisen. Sie gab ihm auch verschiedene Heilmittel. Sobald es Anselm etwas besser ging, begann er seine Erlebnisse aufzuschreiben. Mehr denn je fürchtete er den Verstand zu verlieren und mit dieser Chronik wollte er Ordnung in seine Gedanken bringen und Zeugnis ablegen von dem, was ihm in den vergangenen Wochen widerfahren war. Die Chronik sollte auch der erste Schritt auf dem Weg sein, dem er von nun an sein Leben widmen wollte: die Schuld wieder gutzumachen, die er auf sich geladen hatte. Der zweite Schritt sollte die Verfolgung und Vernichtung der Familie Engelmann sein.

Anselm Rabenaus Genesung machte gute Fortschritte – bis zu jenem Abend, an dem Rufina zu einer besonders schwierigen Geburt gerufen wurde. Bei ihrem überstürzten Aufbruch vergaß sie die Tür der Werkstatt hinter sich zu schließen. Anselm, der leichtes Fieber hatte, saß in seinem Bett und war in die Chronik vertieft, als plötzlich – Innocentia neben ihm stand! Sie schien noch schöner geworden zu sein. Ihr schwarzes Haar fiel offen bis auf den perlenbestickten Gürtel ihres weißen Kleides, das sie auch am Tag ihrer Verlobung mit Anselm getragen hatte. Ihre Haut war ungewöhnlich blass, aber ihre Augen leuchteten – voller Liebe, wie Anselm dachte, der all seine Vorsicht vergessen hatte. Das Unglück wollte es, dass sich der Verschluss seiner Kette kurz zuvor geöffnet hatte und dass sein Amulett, von ihm unbemerkt, unter das Bett gefallen war.«

»Oh …«, sagte Gregor erschrocken.

»Ja. Mit zärtlicher Stimme flüsterte Innocentia, sie sei gekommen, um sich zu verabschieden, da sie und ihre Eltern

Bistritz für immer verlassen würden. Anselms Sehnsucht war aufs Neue entfacht und nur ein Wunsch beseelte ihn: Innocentia zu umarmen! Sie lächelte und dann beugte sie sich über ihn und küsste ihn …

Als sie die Werkstatt verließ, schwebte Anselm zwischen Leben und Tod. Und wäre nicht Rufina, von einer bangen Ahnung getrieben, vorzeitig zurückgekommen, so hätte er sein Leben ausgehaucht.«

Onkel Vladi wischte sich die Stirn trocken. »Nun aber rettete sie Anselm zum zweiten Mal. Wie sie ihm später erzählte, stillte sie zunächst das Blut, das noch immer aus den beiden Wunden an seinem Hals floss. Sie hielt ihren Blutstein über die Wunden und sprach heilkräftige Worte. Dann schabte sie etwas von dem Stein ab und gab Anselm das Pulver, mit Kräutertee vermischt, zum Trinken. Anschließend wickelte sie ihn in warme Tücher und Decken. Dabei fiel ihr auf, dass er sein Amulett nicht trug. Sie schaute unter dem Bett nach und entdeckte das Amulett, mit dessen besonderer Geschichte sie nicht vertraut war. Sie wusste aber von der Schutzwirkung, die Amulette haben, denn in Tanssylvanien werden am Bett einer Gebärenden seit alters Amulette angebracht. Und so hängte Rufina die Kette mit dem Amulett wieder um Anselms Hals. Danach verbrannte sie auf einem Kohlenfeuer Eschenfrüchte, was ebenfalls dem Schutz vor bösen Geistern dient.

Als sie fertig war, hatte sich Anselms Zustand deutlich gebessert. Rufina beschloss ihn bis zu seiner völligen Gesundung nicht mehr allein zu lassen und so bezog sie die kleine Kammer neben seiner Werkstatt, in der früher sein Geselle gewohnt hatte.

Dank ihrer Pflege erholte Anselm Rabenau sich von seinem lebensbedrohlichen Blutverlust. Doch dauerte seine Genesung diesmal mehrere Monate. In dieser Zeit las Rufina, von Anselm dazu ermutigt, die Chronik.

Nachdem sie seine Aufzeichnungen gelesen hatte, war Rufina erst recht in Sorge um sein Wohlergehen, denn Innocentia hatte unter Anselms letzte Eintragung geschrieben:

Wir werden uns wieder sehen!

Innocentia, auf ewig die Deine!

Ihre Drohung – und anders konnte Rufina Innocentias Botschaft an Anselm nicht verstehen – hatte sie mit einem Blutstropfen besiegelt.

Rufina machte sich nun daran, so viel wie möglich über das Phänomen des Vampirismus herauszufinden. Sie stellte allerdings bald fest, dass die Menschen in Bistritz nicht sehr mitteilsam waren, was Vampire anbetraf. Und Rufina gegenüber waren sie noch zurückhaltender, weil sie glaubten, dass sie als Hebamme mit dunklen, zauberkräftigen Mächten in Verbindung stand. Rufina musste sehr vorsichtig sein und unter keinen Umständen durfte sie zu erkennen geben, dass Anselm Rabenaus Krankheit vom Biss eines Vampirs herrührte. Andernfalls ...« – Onkel Vladi sog mit einem scharfen Laut die Luft ein – »andernfalls hätte man vermutlich kurzen Prozess mit unserem Ahnherrn gemacht! Aber Rufina traf schließlich doch einige alte Leute, die ihr Auskunft gaben«, fuhr er fort. »Was sie herausfand, schrieb sie in ein Notizbuch.«

»Besitzt du Rufinas Notizbuch auch?«, fragte Gregor.

»Ich besitze nicht das Original«, antwortete Onkel

Vladi. »Das hat Rufina, ebenso wie die Aufzeichnungen des Anselm Rabenau, den Flammen übergeben.«

»Den Flammen übergeben? Aber das Buch, das du mir gezeigt hast …«

»… ist die Übertragung des Originaltextes in eine Geheimschrift! Rufina hat Anselms Chronik zusammen mit ihrem Notizbuch verbrannt. Eine sehr kluge Tat!«, fügte Onkel Vladi hinzu. »Nachdem Rufina mit den alten Leuten gesprochen hatte, wusste sie, dass Anselm Rabenau von zwei Seiten Gefahr drohte. Auf der einen Seite waren es die Vampire, insbesondere Innocentia …«

»Aber hatte Innocentia nicht gesagt, dass sie und ihre Eltern Bistritz für immer verlassen würden?«, wandte Gregor ein.

Onkel Vladi nickte. »Rufina hatte sogar in Erfahrung gebracht, dass seit jener Nacht niemand mehr die geheimnisumwobene, schwarz gekleidete Gestalt gesehen hatte und dass auch kein ungewöhnliches Viehsterben mehr festgestellt worden war. Ja, Rufina war sogar selbst auf dem Gutshof gewesen und hatte das Gutshaus und die Kapelle eingehend untersucht. Zu ihrer Erleichterung hatte sie kein Anzeichen irgendwelcher Bewohner entdeckt. Aber, wie es in Bürgers *Lenore* heißt: Die Toten reiten schnell! Und Innocentias Botschaft an Anselm, dass sie sich wieder sehen würden, unterzeichnet mit Blut, signalisierte große Gefahr!«

Onkel Vladi holte tief Luft. »Auf der anderen Seite waren es die Bistritzer Bürger, vor denen Anselm sich hüten musste. Und deshalb drängte Rufina darauf, seine Aufzeichnungen und ihre eigenen Notizen in eine Geheimschrift zu übertragen. Diese Aufgabe übernahm Anselm Rabenau mit großem Ernst, lenkte sie ihn doch von seinen Grübeleien und quälenden Selbstvorwürfen ab.

Indem sie nun oft gemeinsam an der Geheimschrift arbeiteten, wurden Rufina und Anselm Rabenau immer vertrauter miteinander und schließlich bat Anselm Rufina, seine Frau zu werden. Sie zögerte, seinen Antrag anzunehmen, weil sie glaubte, sein Herz würde noch immer für Innocentia schlagen. Anselm versicherte ihr jedoch, die Innocentia, die er geliebt habe, sei tot. Für jene Kreatur, die aus dem Reich der Toten zurückgekehrt sei, um Verderben über die Menschheit zu bringen, könne er nur Abscheu und Verachtung empfinden. So gingen Rufina und Anselm den Bund der Ehe ein. Doch war ihnen nicht viel Zeit vergönnt, denn bereits vor Ablauf eines Jahres starb Anselm Rabenau.«

»Er starb?«, sagte Gregor betroffen. »Hatte Innocentia ihn doch wieder besucht?«

»Nein. Das wäre wohl auch nicht möglich gewesen, denn Rufina hatte alle nur denkbaren Schutzmaßnahmen getroffen. Und natürlich trug Anselm sein Amulett Tag und Nacht! Aber die Arbeit an der Geheimschrift hatte seine gerade erst wiedererlangte Gesundheit aufs Neue zerrüttet und dieses Mal fand selbst Rufina kein Mittel, ihn zu kurieren. In seiner Todesstunde versprach sie ihm, die begonnene Übertragung der Chronik zu vollenden und das Kind, das sie erwartete, in seinem Sinne zu erziehen, damit es Anselms Lebenswerk weiterführen könne. Drei Monate später wurde Anselms und Rufinas Sohn geboren. Sie nannte ihn Victor, das heißt: der Sieger.«

Onkel Vladi erhob sich von seinem Platz. »Und nun haben wir uns wirklich eine Stärkung verdient!«

»Ich glaube nicht, dass ich etwas essen kann«, murmelte Gregor. »Mir ist plötzlich so komisch …«

»In diesem Fall bedarfst du erst recht der Stärkung«, erwiderte Onkel Vladi. »Wer es mit den Kräften der Finsternis aufnehmen will, darf niemals einen leeren Magen haben! – Außerdem kommt der Appetit beim Essen«, ergänzte er, während er zwei Teller mit dem Indischen Curry füllte.

An die Nachgeborenen

»Wo waren wir stehen geblieben?«, fragte Onkel Vladi nach dem Essen.

»Bei Victor Rabenau«, antwortete Gregor.

»Ja ...« Onkel Vladi seufzte. »Viktor tat, was er nur konnte, um das Lebenswerk seines Vaters fortzuführen. Er unternahm sogar mehrere Reisen ins Ausland, was zu der damaligen Zeit sehr beschwerlich gewesen sein dürfte. Doch Innocentia und ihre Eltern waren verschwunden, ohne irgendwelche Spuren hinterlassen zu haben. Wohl hatte es in Deutschland und England Fälle von Vampirismus gegeben. Eine Verbindung zur Familie Engelmann ließ sich jedoch nicht herstellen. Schließlich blieb Victor nichts anderes übrig, als die Chronik und das Notizbuch an seinen Sohn zu vererben, dem er den Namen Siegheld gegeben hatte. Aber weder Siegheld noch seinen Kindern, noch deren Kindern war Erfolg im Aufspüren der Familie Engelmann beschieden. Ja, das Interesse an der Chronik des Anselm Rabenau und die Bereitschaft, sein Lebenswerk fortzusetzen, schienen mit jeder Generation abzunehmen. Das änderte sich erst mit Valentin Rabenau, meinem Vater!«

Onkel Vladi lehnte sich in seinem Stuhl zurück und schloss die Augen.

»Und was änderte sich mit Valentin Rabenau?«, fragte Gregor.

»Es begann mit seiner jüngeren Schwester, Elsbeth. Sie war ein Kind mit ganz besonderen Gaben, ein Neusonntagskind«, erklärte Onkel Vladi, indem er die Augen wieder öffnete.

»Ein Neusonntagskind?«

»Das sind Kinder, die an einem Sonntag geboren werden, auf den der Neumond fällt. Für sie gibt es keine Trennung zwischen unserer Welt und dem Reich der Geister. Neusonntagskinder haben oft Wachträume, in denen sie auch in die Vergangenheit reisen und Dinge sehen, die lange vor ihrer Zeit passiert sind. Sie können aber auch zukünftige Ereignisse voraussagen. Im Alter von vier Jahren blieb Elsbeth eine halbe Woche lang unauffindbar. Schließlich entdeckte Valentin seine Schwester in dem Wäldchen hinter dem Gutshof. Sie spielte mit einer Kristallkugel, von der sie sagte, eine schwarze Frau habe ihr die Stelle gezeigt, an der die Kugel in der Erde lag.«

»Eine schwarze Frau?«, wiederholte Gregor erschrocken. »Etwa … Innocentia?«

»Es wurde nie aufgeklärt, wen Elsbeth tatsächlich in dem Wäldchen getroffen hatte«, antwortete Onkel Vladi. »Aber Innocentia war es mit Sicherheit nicht, denn die Kristallkugel sollte eine entscheidende Rolle beim Aufspüren der Familie Engelmann spielen. Zunächst jedoch nahm keiner ihre Zauberkugel, wie Elsbeth die Kristallkugel nannte, sonderlich ernst.

Man ließ Elsbeth gewähren und lächelte, wenn sie von wundersamen Dingen sprach, die sie in der Kugel erblickte und die sonst niemand sehen konnte. Auch Valentin hielt Elsbeths Erzählungen anfangs nur für den Ausdruck ihrer lebhaften, kindlichen Phantasie. Doch sein Interesse erwachte, als sie ihm von einem Ehepaar berichtete, das mit seiner Tochter in einem Haus ohne Fenster wohnte. Die Tochter sei das schönste Mädchen, das sie je gesehen habe, erklärte Elsbeth. Valentin wollte mehr über das Mädchen wissen. Elsbeth beschrieb ihre weiße Haut, ihr langes nachtschwarzes Haar und ihre großen grünen Augen so anschaulich, dass Valentin von einer heftigen Sehnsucht ergriffen wurde. Er bat Elsbeth ihm zu sagen, wie das Mädchen hieß und wo er sie treffen könnte. Ihr Name sei Innocentia, verriet ihm Elsbeth, und sie wohne weit weg, in einem fremden Land. Auf seine Frage, in welchem Land, in welcher Stadt Innocentia lebe, machte Elsbeth jedoch nur unklare, rätselhafte Angaben, die Valentin in seinem Tagebuch notierte:

Der Mann mit der großen Nase, der lacht. An seinem Hals ist ein langer Schnitt. Nein, es ist eine Schlange, eine

Wasserschlange. Auf dem Wasser schwimmen Schiffe. Eine weiße Burg mit drei Türmen. Jetzt ist finstere Nacht. Eine Kutsche kommt. Ein großes rotes Tor. Die beiden Schleierfrauen. Sie sind traurig.

Mehr konnte Elsbeth ihrem Bruder nicht sagen, denn eine Woche später starb sie.«

»War die Kristallkugel für ihren Tod verantwortlich?«, fragte Gregor betroffen.

»Nein. Elsbeth war stets ein kränkliches Kind gewesen und in den Nächten, die sie im Wald verbrachte, hatte sie sich schwer unterkühlt. Trotzdem empfand Valentin eine gewisse Mitschuld an ihrem Tod, denn auf seine Bitten hin hatte Elsbeth immer wieder in ihre Kristallkugel gesehen. Deshalb warf er die Kugel von einer Brücke in die Bistritz, wo sie auf den Steinen zerschellte.«

Onkel Vladi hustete. »Einige Jahre später heiratete Valentin ein junges Mädchen aus Kronstadt. Mit ihr hatte er einen Sohn – mich. Dann starb überraschend Valentins Vater, mein Großvater. Als Valentin den Nachlass seines Vaters sichtete, fand er die Chronik des Anselm Rabenau zusammen mit Rufinas Notizbuch und dem Schlüssel zur Entzifferung der Geheimschrift sowie ein silbernes Amulett und ein außergewöhnliches, in Gold gefasstes Medaillon ...«

»Ein Medaillon?«

»Es war jenes Porträt, das Anselm Rabenau nach Innocentias Tod angefertigt hatte und das ihn zur Verzweiflung getrieben hatte, weil es, anstatt ihre Tugend und ihren Liebreiz zu zeigen, unverkennbar dämonische Züge trug. Mein Vater jedoch hatte nie zuvor ein Bild von Innocentia gesehen. Und so war er fasziniert von der Ebenmäßigkeit ihrer Züge, ihrem geheimnisvollen Lächeln. Um herauszufinden, ob sie eine ihm unbekannte Verwandte war, begann er die Chronik zu entschlüsseln. Als Erstes las er die Widmung, die Anselm Rabenau seinen Aufzeichnungen vorangestellt hatte:

An die Nachgeborenen

Diese Aufzeichnungen sind meinen Nachkommen zugeeignet. Euch rufe ich auf, den Kampf gegen Innocentia fortzusetzen, deren Antlitz das Medaillon zeigt. Einst liebte ich sie, als sie unschuldig wie ein Tautropfen auf einer Rosenknospe war. Doch aus falsch verstandener Liebe ließ ich es zu, dass sie sich in eine Kreatur der Hölle verwandelte. Macht die Schuld wieder gut, die ich auf mich geladen habe! Findet Innocentia und vernichtet sie! Erlöst sie von ihrem Fluch und schenkt ihrer Seele den ewigen Frieden!

Bistritz, am Goldenen Sonntag 1799, Anselm Rabenau

Der Name Innocentia weckte längst vergessen geglaubte Erinnerungen in meinem Vater. Er betrachtete das Gesicht in dem Medaillon: die weiße Haut, das lange schwarze Haar, die großen grünen Augen … Genauso hatte Elsbeth das Mädchen in ihrer Zauberkugel beschrieben! Um das Geheimnis zu ergründen, das Innocentia umgab, machte Valentin sich nun daran, die gesamte Chronik zu entschlüsseln. Mit jeder Seite wuchs seine Entschlossenheit, derjenige zu sein, der Innocentia aufspürte und ihr den ewigen Frieden schenkte!

Damit hatte sich der Kreis fast geschlossen«, fuhr Onkel Vladi nach einer Pause fort. »Es fehlte nur noch der eine, entscheidende Schritt: herauszufinden, wo Innocentia war! Meinem Vater fiel ein, dass Elsbeth einige seltsame Angaben über Innocentias Aufenthaltsort gemacht hatte, die er in seinem Tagebuch notiert hatte. Er musste eine Weile suchen, bis er sein altes Tagebuch in einer Truhe auf dem Dachboden entdeckte. Als er die Hinweise las, die Elsbeth ihm damals gegeben hatte, verstand er plötzlich, was sie bedeuteten. Kannst du dir denken, warum, Gregor?«

»Weil er das Amulett trug?«

»Ganz recht. Aber nun trägst *du* das Amulett. Also müsstest du sie ebenfalls verstehen.«

»Ich? Nein!«

»Warum versuchst du es nicht?«, ermunterte Onkel Vladi ihn.

Gregor legte seine rechte Hand auf das Amulett.

»Der Mann mit der großen Nase, der lacht...« Onkel Vladi sah ihn fragend an.

Gregors Hand erwärmte sich. »Ich glaube, es ist eine Landkarte«, sagte er aufgeregt.

»Sehr gut!«, lobte Onkel Vladi. »Und welches Land zeigt die Karte?«

»Deutschland... Norddeutschland.«

»Erkennst du den Mann mit der großen Nase?«

»Damit ist Schleswig-Holstein gemeint!«

»Und die Wasserschlange?«

»Das ist die Elbe!«

»Und welche große Stadt liegt an der Elbe und hat in ihrem Wappen eine weiße Burg mit drei Türmen?«

»Hamburg!«

»Richtig. Elsbeth hatte aber nie eine Landkarte von

Norddeutschland gesehen. Und sicherlich hatte sie auch nie den Namen Hamburg gehört. So konnte sie nur das Bild übermitteln, das sie in ihrer Zauberkugel erblickte, und es mit ihren eigenen, kindlichen Worten beschreiben.«

»Dann wusste Valentin Rabenau jetzt, dass sich Innocentia in Hamburg aufhielt?«, fragte Gregor.

»Ja. Und da er ein sehr zielstrebiger Mann war, entschied er, umgehend nach Hamburg zu reisen. Doch bevor er seine Reise antreten konnte, geschah etwas Furchtbares: Im Gefolge des Zweiten Weltkriegs wurde mein Vater verhaftet und zusammen mit vielen anderen Transsylvaniern ins Donezbecken zur Zwangsarbeit gebracht. Als er nach fünf Jahren zurückkehrte, war er ein anderer geworden. Die meiste Zeit saß er nur da und starrte ins Leere. Erst kurz vor seinem Tod erwachte er aus seiner Teilnahmslosigkeit und erzählte mir von der Chronik unseres Ahnherrn Anselm Rabenau. Er sprach auch von seiner verstorbenen Schwester Elsbeth. Sie sei ihm im Traum erschienen und habe ihm mitgeteilt, dass ich dazu ausersehen sei, das Lebenswerk unseres Ahnherrn zu Ende zu führen. Doch würde ich diese Aufgabe nicht allein vollbringen. Ein Nachkomme der Rabenaus, der die doppelte Pupille habe, würde mir, sobald er seinen zwölften Geburtstag gefeiert habe, zur Seite stehen.«

»Wie bitte?«, entfuhr es Gregor. »Das hat Elsbeth deinem Vater gesagt?«

»Ja«, bestätigte Onkel Vladi. »Sie ließ ihn außerdem noch wissen, dass ich eine Nachricht empfangen würde, wenn die Zeit gekommen sei. Diese Nachricht war der Brief deiner Mutter mit dem Foto von euch beiden, das an deinem Geburtstag aufgenommen wurde und das mir deine verschiedenfarbigen Augen zeigte!«

»Aber es war mein *elfter* Geburtstag«, entgegnete Gregor. »Und nicht mein zwölfter!«

»Du wurdest elf Jahre alt«, sagte Onkel Vladi. »Trotzdem war es dein *zwölfter* Geburtstag.«

Gregor zog die Stirn kraus.

»Der Tag, an dem du geboren wurdest, war dein *erster* Geburtstag«, erklärte Onkel Vladi. »Als du ein Jahr alt wurdest, war es aber schon dein *zweiter* Geburtstag. Und als du zwei Jahre alt wurdest, war es bereits dein *dritter* Geburtstag.«

»So meinst du das …«

Onkel Vladi lehnte sich zurück. »Ja, und mit dem Brief deiner Mutter und dem Foto hatte sich der Kreis tatsächlich geschlossen!«

Er wischte sich die Stirn trocken. In der Stille, die eintrat, hörten sie, wie die Haustür geöffnet wurde.

Gleich darauf erklang die Stimme von Gregors Mutter: »Hallo, ihr Lieben, ich bin's! Wo seid ihr?«

»Wir sind dort, wo du deine Festessen zauberst«, antwortete Onkel Vladi.

Abends in seinem Bett dachte Gregor noch einmal über die Geschichte nach, die Onkel Vladi ihm erzählt hatte. Der Anfang mit dem Gutsherrn und der schwarzen Kutsche kam ihm wie eine Horrorstory vor, die man in einem Buch las und von der man genau wusste, dass sie sich nicht wirklich zugetragen hatte. Doch der Rest der Geschichte – vom Amulett des Anselm Rabenau über Elsbeth und ihre

Zauberkugel bis zu dem Traum, in dem sie Valentin Rabenau erschienen war und ihre merkwürdige Vorhersage gemacht hatte – all das berührte Gregor ganz persönlich.

Er holte den Taschenspiegel aus dem Nachtschrank und betrachtete sein braunes und sein grünes Auge. Nie hätte er geglaubt, die Verschiedenfarbigkeit seiner Augen könnte etwas sein, was ihn auszeichnete, was ihm sogar eine besondere Wichtigkeit verlieh!

Doch die Verantwortung, die er plötzlich trug, behagte ihm überhaupt nicht. Selbst wenn er mit der doppelten Pupille geboren war – wer sagte denn, dass er auch die Eigenschaften und Fähigkeiten besaß, die er brauchte, um Onkel Vladi zur Seite zu stehen?

Im Übrigen fühlte er sich wie eine Figur in einem Spiel, dessen Regeln er nicht kannte und bei dem unsichtbare Dritte die Spielzüge machten!

Mit diesem Gedanken schlief er ein.

Der Marmaroscher Diamant

Zum Mittagessen am nächsten Tag machte Gregor für sich und Onkel Vladi eine extra große Pizza in der Mikrowelle heiß.

Onkel Vladi hatte noch nie eine Pizza gegessen und so lobte er sie in den höchsten Tönen.

»Aber es ist nur eine ganz normale Pizza!«, sagte Gregor verwundert.

»Ihr im Westen seid verwöhnt«, entgegnete Onkel Vladi. »Bei uns in Transsylvanien war in den letzten Jahren Schmalhans Küchenmeister.«

»Wer?«

»Kennst du nicht das Sprichwort: ›Wo Schmalhans Küchenmeister ist, da fallen die Bissen klein aus‹?«

»Nein.«

»Sei froh! Wir Transsylvanier mussten viel Hunger und Not leiden. Manchmal hatten wir nicht einmal das tägliche Brot.«

»Ihr hattet kein Brot?«

Onkel Vladi nickte. »Früher war unser Land berühmt für seine gute, reiche Küche. Wenn ich nur an die verschiedenen Vorspeisen denke, die es gab: das luftgeselchte Schaffleisch, die Suppen, den Maisbrei, den gegrillten Donauhering, den Karpfen in Salzbeize mit Knoblauch …«

»Knoblauch?«, griff Gregor das Stichwort auf. »Ihr hattet auch keinen Knoblauch?«

»Doch. Der wird in Transsylvanien überall angepflanzt.«

»Wie kommt es eigentlich, dass Vampire keinen Knoblauch mögen?«

»Vermutlich hängt es mit dem starken Geruch zusammen. Er vernichtet die Vampire nicht, aber er hält sie auf Distanz. Deshalb legen wir in Transsylvanien den neugeborenen Kindern drei Knoblauchzwiebeln in die Wiege. Und am Knoblauchmittwoch essen wir so viel Knoblauch, wie wir nur können, um vor bösen Geistern geschützt zu sein.«

»Das macht ihr *jeden* Mittwoch?«

»Nein. Nur an einem Mittwoch im Jahr: dem in der Pfingstwoche.«

»Ach so.« Gregor räusperte sich. »Hattest du dir Knoblauch um den Hals gebunden, als du in der Engelmann'schen Gruft warst?«, fragte er dann.

»Ja.« Onkel Vladi betupfte sich die Stirn mit einem weißen Stofftuch. »Mir ist auf einmal ganz sonderbar«, murmelte er. »Wahrscheinlich tut sich mein Magen mit all den köstlichen, aber noch ungewohnten Speisen schwer. Ich glaube, ich sollte einen Schluck von meinen Transsylvanischen Edeltropfen zu mir nehmen.«

»Wir haben auch Magenpillen«, bot Gregor an.

»Danke, nein. Bei den kleinen Unpässlichkeiten des Alltags hilft nichts so zuverlässig wie meine Transsylvanischen Edeltropfen«, erwiderte Onkel Vladi. »Wollen wir nicht in das Zimmer deines Vaters gehen und unser Gespräch dort fortsetzen?«

»Ja, warum nicht«, stimmte Gregor betont gleichmütig zu.

In Wirklichkeit beschäftigte es ihn sehr, ob sich das Zimmer verändert hatte, seitdem Onkel Vladi es bewohnte.

Doch zu Gregors Erleichterung sah es in dem großen Raum fast genauso aus wie früher. Die Möbel waren an ihrem angestammten Platz und die bunte gewebte Tagesdecke lag wie gewöhnlich auf dem Bett, in dem sein Vater geschlafen hatte, wenn er nachts arbeiten musste. Es hingen auch noch dieselben Bilder an den Wänden. Ungewohnt waren nur die getrockneten Kräutersträuße, die auf dem Fensterbrett lagen und die einen intensiven Duft verbreiteten.

»Nimm doch Platz!« Onkel Vladi zeigte auf die beiden Korbsessel am Fenster. Gregor setzte sich in den linken Sessel. Onkel Vladi ging zum Bücherschrank und kehrte mit einer kleinen bauchigen Flasche zurück. Sie erinnerte Gregor an die Weinflaschen, die sein Vater des Öfteren mitgebracht hatte und die den lustigen Namen »Bocksbeutel« trugen.

Onkel Vladi setzte sich in den rechten Sessel und entkorkte die Flasche. Vorsichtig goss er etwas von der roten Flüssigkeit in ein Likörglas, das er ebenfalls aus dem Schrank geholt hatte.

»Ich hoffe, du bist nicht gekränkt, wenn ich dir nichts anbiete?«, fragte er.

»Nein, überhaupt nicht«, versicherte Gregor.

»Auf die Gesundheit!« Onkel Vladi schloss die Augen und trank. Als er sie wieder öffnete, lächelte er. »Nun geht es mir besser«, erklärte er. »Ich denke, der Moment ist gekommen, dir *mein* Amulett zu zeigen!«

»Du hast auch ein Amulett?«

»O ja!« Er stellte das leere Glas auf den Tisch. Dann öffnete er den obersten Knopf seines dunkelbraunen Hemds und zog eine Goldkette heraus, an der ein Medaillon hing.

»Der Marmaroscher Diamant!«, rief Gregor.

»Ja!« Onkel Vladi nahm die Kette ab.

»Gleich wirst du Innocentias Bild sehen«, sagte er mit ernster Miene. »Achte dabei genau auf deine Gefühle!«

Er reichte Gregor die Kette. »Nun? Was spürst du?«

»Herzklopfen«, antwortete Gregor.

»Wegen Innocentia?«

»Nein. Mein Herz klopft, weil du mir so viel über den Marmaroscher Diamanten erzählt hast. Ich hätte nicht gedacht, dass ich ihn mal in der Hand halten würde.«

»Und was empfindest du, wenn du Innocentia anschaust?«, fragte Onkel Vladi.

Gregor musterte das ovale Gesicht in dem Portät. Mit

ihren grünen Augen, ihren schwarzen, in der Mitte gescheitelten Haaren und ihren vollen roten Lippen war Innocentia sehr attraktiv. Doch sie wirkte viel älter, als er gedacht hatte – überhaupt nicht wie ein junges Mädchen, sondern wie eine erwachsene Frau.

»Was geht in dir vor?«, forschte Onkel Vladi.

»Sie sieht unglücklich aus«, meinte Gregor.

»Unglücklich? Hast du Mitleid mit ihr?«

»Ich weiß nicht …«

»Versuche dir über deine Gefühle klar zu werden!«

»Ich glaube nicht, dass ich Mitleid mit ihr habe«, sagte Gregor nach kurzem Überlegen.

»Bist du sicher?«

Er nickte. »Immerhin kenne ich sie überhaupt nicht.«

»Du kannst sehr wohl mit jemandem Mitleid haben, der dir nie begegnet ist. Außerdem hast du von mir erfahren, welch grausames Schicksal Innocentia hatte.«

»Aber du hast mir auch gesagt, sie hätte sich in eine Kreatur der Hölle verwandelt.«

»Findest du, dass sie wie eine Kreatur der Hölle aussieht?«

»Nein.«

»Dann gefällt sie dir?«

Gregor zögerte. Er hatte den Eindruck, dass auf Innocentias Lippen ein Lächeln erschienen war – ein spöttisches, abfälliges Lächeln.

»Nein!«, antwortete er.

»Wirklich nicht?«

»Sie sieht sehr gut aus, aber …«

»Aber?«

»Mein Typ ist sie nicht!«, erklärte Gregor.

Onkel Vladi stieß einen tiefen Seufzer aus. »Es ist von außerordentlicher Wichtigkeit, dass du Innocentias Zauber nicht erliegst. Das hat auch Elsbeth meinen Vater wissen lassen. Bei uns in Transsylvanien sagt man: Nur ganz brave Burschen, die noch keine Liebschaften haben, können gefahrlos mit den saligen Fräulein tanzen.«

Gregor errötete. »Mit wem?«

»Mit den saligen Fräulein. Sie gehören zu den Waldgeistern und sind für ihre Anmut und Schönheit berühmt.«

Nach einer Pause fragte Onkel Vladi: »Du hast doch keine Freundin?«

»Ja, äh ... nein«, stotterte Gregor.

»Ja oder nein?«

»Nein.«

Onkel Vladi nickte zufrieden. »Dann werde ich mir die Kette jetzt wieder umlegen.«

»Und wieso ist das Medaillon ein Amulett?«, wollte Gregor wissen.

»In ihm ist Anselms Liebe zu Innocentia eingefangen – zu jener Innocentia, die für ihre Sanftmut und Unschuld, ihre Tugend und Güte bekannt war. Darüber hinaus hat Rufina das Medaillon mit magischen Abwehrformeln besprochen, die seinen Träger vor den Mächten der Finsternis schützen.«

Onkel Vladi ließ die Kette unter seinem Hemd verschwinden.

Wer sich mit Vampiren einlässt

Und nun möchte ich dir einige Fragen stellen.« Mit diesen Worten griff Onkel Vladi nach seiner großen braunen Ledertasche, die neben dem Korbtisch auf dem Boden stand, und öffnete sie. Gregor erwartete, die Chronik des Anselm Rabenau oder Rufinas Notizbuch zu sehen. Doch Onkel Vladi zog nur einen kleinen Block und einen Bleistift heraus.

»Dieser Junge aus deiner Klasse …«, begann er, »wie war noch sein Name?«

»Robert«, antwortete Gregor.

»Ich fürchte, er hat Kontakt zu ihnen«, sagte Onkel Vladi.

»Kontakt? Zu wem?«

»Zur Familie Engelmann. Wahrscheinlich sogar zu Innocentia!«

»Du glaubst …« Gregor stockte.

»Ja! Es ist ein äußerst beunruhigendes Zeichen, dass er sich die Hand an deinem Amulett verbrannt hat. Hast du nach unserem Zusammentreffen auf dem Friedhof noch einmal mit ihm gesprochen?«

»Ja, gestern. In der Schule.«

»Und worum drehte sich das Gespräch?«

»Er wollte alles Mögliche über dich und über die Engelmann'sche Gruft wissen. Ich hab ihm natürlich nichts gesagt.«

»Hast du ihn heute auch gesprochen?«

»Nein. Er fehlte mal wieder.«

»Er fehlt häufiger?«

»Ja.«

»Er sah auch kränklich aus …«, meinte Onkel Vladi.

»Und was bedeutet es, wenn Robert Kontakt zu Innocentia hat?«, fragte Gregor.

»Es bedeutet, dass er in Lebensgefahr schwebt. Vampire bedienen sich ihrer menschlichen Helfer nur für eine begrenzte Zeit, bis sie genug von ihnen haben. Ja, und dann …« Onkel Vladi ließ den Satz unvollendet. »Zum anderen sind Menschen, die sich mit Vampiren einlassen, willfährige Komplizen«, fuhr er fort. »Wenn Robert wirklich mit der Familie Engelmann in Verbindung steht, wird er alles tun, um ihnen zu helfen. Weißt du, wie alt er ist?«

»Vierzehn. Er hatte vor drei Wochen Geburtstag.«

Onkel Vladi schrieb »14« auf seinen Block und machte zwei Ausrufezeichen dahinter.

»Glaubst du, dass Innocentia bei ihm …« Gregor räusperte sich. »Ich meine, dass sie ihn schon gebissen hat?«

»Das ist sehr wahrscheinlich«, sagte Onkel Vladi. »Trug er auf dem Friedhof nicht einen dieser Pullover mit Rollkragen?«

»Ja! Aber solche Pullover trägt er schon seit Wochen.«

»Manche Vampire trinken sehr, sehr wenig«, erklärte Onkel Vladi. »In Rufinas Notizbuch habe ich über die Beziehung zwischen einem männlichen Vampir und seinem weiblichen Opfer gelesen, die sich über die Dauer von fünf Jahren hinzog.«

»So lange? In den Vampirfilmen sterben die Opfer meistens noch in derselben Nacht!«

»Mit diesen modernen Vampirfilmen kenne ich mich nicht aus«, antwortete Onkel Vladi. »Ich würde allerdings vermuten, dass sie nicht viel von unserem alten Wissen enthalten.«

»Aber gepfählt und geköpft werden die Vampire in den Filmen auch.«

»Nicht alle Vampire kann man auf diese Weise vernichten«, erwiderte Onkel Vladi.

»Nicht?«

»Nein«, bestätigte Onkel Vladi. »Vampire gewinnen mit der Zeit an Macht und Stärke – ganz im Gegensatz zu uns Menschen. Und Innocentia und ihre Eltern sind in den mehr als zweihundert Jahren, die inzwischen vergangen sind, sehr mächtig geworden. Es ist mir in der Engelmannschen Gruft noch nicht einmal gelungen, einen der drei Vampirsärge zu öffnen. Obwohl sie durch kein Schloss, keinen Riegel, keinen Nagel gesichert waren, ließen sich ihre Deckel nicht bewegen, weil die teuflische Kraft der Vampire sie von innen versiegelt hatte!«

»Aber standen nicht fünf Särge in der Gruft?«, entgegnete Gregor. »Als du in der Engelmann'schen Gruft warst, hab ich mich auf mein Amulett konzentriert und da konnte ich fünf Särge erkennen.«

»Zwei Särge waren leer«, antwortete Onkel Vladi. »Ihre Deckel vermochte ich ohne Schwierigkeiten zu öffnen.«

»Und woher wusstest du, dass die anderen drei Särge ...« – Gregor suchte nach dem passenden Wort – »belegt waren?«

»Der Marmaroscher Diamant hat es mir angezeigt«, antwortete Onkel Vladi. »Sobald ich mich den drei Vampirsärgen zuwandte, verzerrten sich Innocentias Züge in dem Medaillon und der Kristall, der sonst immer sehr kalt ist, erwärmte sich plötzlich.«

»Stimmt es, dass Vampire tagsüber wie tot im Sarg liegen und dass sie unfähig sind, sich zu rühren?«, wollte Gregor wissen.

Onkel Vladi schüttelte den Kopf. »Leider nicht. Sie können ihre Särge durchaus verlassen. Aber da ihre Blutzirkulation während des Tages sehr verlangsamt ist, kostet es sie enorm viel Anstrengung.«

»Und die Sonne? Stimmt es, dass für Vampire das Sonnenlicht tödlich ist?«

»Allerdings!«

»Verglühen sie wie in den Vampirfilmen?«

»Ja. Sie zerfallen zu Staub, wenn sie mit dem Sonnenlicht in Berührung kommen.«

Gregor spürte ein Schaudern.

Eine Pause entstand.

»Und was willst du jetzt tun?«, fragte Gregor schließlich.

»Das habe ich noch nicht entschieden«, antwortete Onkel Vladi. »Ich weiß nur, dass wir nicht mehr viel Zeit haben.«

Er füllte sein Glas ein zweites Mal und sagte: »Sei mir nicht böse, aber ich würde nun gern eine Weile ruhen und nachdenken.«

Gregor stand auf.

Natürlich war er enttäuscht, dass Onkel Vladi ihr Gespräch so unvermittelt abbrach. Aber es gab genug, worüber er selbst nachdenken musste.

Der Zauberlehrling

Beim Abendessen schien Onkel Vladi überhaupt keinen Appetit zu haben.

»Schmeckt es dir nicht?«, fragte Gregors Mutter.

Er hustete hinter seiner Stoffserviette. »Dein Essen ist köstlich wie immer, Erika. Leider muss ich mich heute Abend zurückhalten.«

»Und warum?«

»Das ist nicht so einfach zu erklären …«

»Du solltest dich nicht verpflichtet fühlen, etwas zu essen, wenn es dir nicht zusagt«, bemerkte sie.

»Oh, das ist nicht der Grund!«, versicherte er.

»Bist du krank?«

»Nein.«

»Wenn du nicht krank bist und wenn es auch nicht am Essen liegt, gibt es eigentlich nur einen Grund«, meinte sie.

»So?«

»Ja. Du willst abnehmen! Du machst eine Diät!«

»Zutreffend ist, dass ich bis einschließlich Freitag fasten muss.«

»Du *musst* fasten?«

»Ja!«

»Hängt es mit einem transsylvanischen Brauch zusammen?«

»In der Tat.«

»Das hättest du mir doch sagen können, Onkel Vladi! Dann hätte ich die vielen Salate gar nicht erst gekauft.«

»Wieso? *Mir* schmecken sie«, erwiderte Gregor.

»Wenn Onkel Vladi fasten muss, sollten wir ihm nicht auch noch den Mund wässerig machen!«, sagte Gregors Mutter. »Und dürfen wir erfahren, was der Anlass für dein Fasten ist?«, wandte sie sich wieder Onkel Vladi zu.

»Übermorgen, am 7. Mai, ist ein Schwendtag!«, antwortete er seltsam feierlich.

»Ein Schwendtag?«, wiederholte sie. »Ich muss gestehen, dass ich den Ausdruck noch nie gehört habe. Hat der Schwendtag etwas mit ›verschwenden‹ zu tun?«

»An deiner klugen Frage erkenne ich die Bibliothekarin! ›Verschwenden‹ und ›schwenden‹ sind tatsächlich verwandt. Nur wurde ›verschwenden‹ früher nicht so positiv gebraucht wie heute.«

»Positiv? Verschwenden ist in meinen Augen nicht positiv!«

»Diese verschwenderische Fülle an köstlichen Salaten heute Abend ist doch sehr positiv«, sagte er mit einem Lächeln.

»Wenn du es so siehst …«

»Jedenfalls bedeutete ›verschwenden‹ ursprünglich: verschwinden machen, vertilgen, ausrotten.«

»Oh …«, machte Gregors Mutter. »Dann ist der Schwendtag möglicherweise gar kein erfreulicher Tag bei euch in Transsylvanien?«

»Grundsätzlich ist das richtig«, bestätigte Onkel Vladi. »Aber Schwendtage können auch ausgesprochene Glückstage sein.«

»Ihr habt mehrere Schwendtage in Transsylvanien?«

»Allerdings! Wir kennen in Transsylvanien achtundzwanzig Schwendtage.«

»Achtundzwanzig …«, sagte sie überrascht. »Und was ist das Besondere an ihnen?«

»An einem Schwendtag kann man viele Übel zum Verschwinden bringen«, erklärte Onkel Vladi. Dabei sah er Gregor an.

»Und wie das?«, fragte Gregors Mutter.

»Wer beispielsweise seinen Kopfschmerz vertreiben will, muss an einem Schwendtag auf Eisen beißen.«

»Wenn ich Kopfschmerzen habe, soll ich auf Eisen beißen?«

»Ja!«

»Vielen Dank. Aber da verlasse ich mich lieber, so wie heute Abend, auf meine bewährten Kopfschmerztabletten.« Sie erhob sich und begann das Geschirr zusammenzustellen.

»Du hast Kopfschmerzen?«, fragte Onkel Vladi mitfühlend.

»Ja. Und wenn es dir nichts ausmacht, würde ich gern früh zu Bett gehen. Vielleicht kannst du mit Gregor ein Spiel spielen?«

»Oder fernsehen!«, sagte Gregor.

Seine Mutter war immer sehr besorgt, er könnte zu viel fernsehen.

»Ich glaube nicht, dass ein belesener Mann wie Onkel Vladi an seichter Fernsehunterhaltung interessiert ist«, antwortete sie.

»Wir werden uns bestimmt nicht langweilen.« Onkel Vladi zwinkerte Gregor zu.

»Möchtest du, dass wir ein Spiel spielen?«, fragte er, nachdem Gregors Mutter das Zimmer verlassen hatte.

Gregor schüttelte den Kopf. »Nein. Aber ich würde gern wissen, was du vorhast!«

»Was ich vorhabe?«

»Ja.« Gregor holte tief Luft. Und dann sprach er den Satz aus, den er sich zurechtgelegt hatte: »Ich kann dir nur zur Seite stehen, wenn ich weiß, was du vorhast!«

Onkel Vladi fächelte sich mit seiner Serviette Luft zu. »Eins musst du mir glauben, Gregor: Wenn ich vieles für mich behalte, geschieht das nicht aus mangelndem Vertrauen zu dir. Es dient ausschließlich deinem Schutz. – Im Übrigen können wir nicht mehr zurück«, fügte er nach kurzem Schweigen hinzu. »Ihr habt bestimmt in der Schule das Gedicht *Der Zauberlehrling* von Goethe besprochen?«

»Ja!«, sagte Gregor – unzufrieden, dass Onkel Vladi ihm immer auszuweichen schien.

»Dann erinnerst du dich an die Worte des Zauberlehrlings: ›Die ich rief, die Geister, werd ich nun nicht los‹?«

»Ja. Aber was hat das mit uns zu tun?«

»Auch wir haben Geister – böse Geister – beschworen!«

»Ich nicht«, widersprach Gregor.

»Nicht willentlich«, antwortete Onkel Vladi. »Doch wir sind zur Engelmann'schen Gruft gegangen, wir haben durch dein Amulett miteinander kommuniziert und ich habe dir die Geschichte der Familie Engelmann und unsere Geschichte, die der Rabenaus, erzählt. Auf diese Weise ist eine Verbindung zwischen uns und Innocentia hergestellt worden.«

»Was denn für eine Verbindung?«

»Ich habe dir bereits gesagt, dass Innocentia und ihre Eltern inzwischen sehr mächtig geworden sind. Sie verfügen über Kräfte, von denen ein normaler Sterblicher keine Vorstellung hat.«

»Dann will ich erst recht nicht mitmachen!«

»Verstehst du nicht: Du hast keine Wahl! Ich bin sicher, dass Innocentia weiß, wo wir wohnen – wo du wohnst.«

»Glaubst du?«, rief Gregor bestürzt.

»Ja. Wenn ich mich nicht getauscht habe, stand sie gestern Nacht in eurem Garten und sah zum Haus herüber.«

»Innocentia? In unserem Garten?«

»Begreifst du nun, dass wir handeln müssen?«, sagte Onkel Vladi. »Und ich brauche deine Unterstützung und Hilfe. Nur gemeinsam können wir sie bannen und vernichten!«

Gregor biss sich auf die Lippen.

Onkel Vladi zog ein Spitzentaschentuch aus seiner Jackentasche und trocknete sich die Stirn.

»Zu deiner Beruhigung lass dir gesagt sein, dass auch wir Rabenaus im Laufe der Zeit stärker und mächtiger geworden sind. Wenn wir uns an die Aufgabe machen, das Lebenswerk unseres Ahnherrn zu vollenden, werden wir nicht allein sein. Anselm Rabenaus Geist und der von Rufina sowie der Geist aller Rabenaus, die daran mitgewirkt haben, die Erde vom Fluch der Familie Engelmann zu befreien, werden uns helfend beistehen.«

»Nur ihr Geist wird uns beistehen? Und das soll helfen?«

»Unterschätze nicht die Geisterwelt!«, antwortete Onkel Vladi. »Und unterschätze nicht dich selbst«, ergänzte er. »Du bist derjenige, der die doppelte Pupille hat!«

»Ja, euer Zauberlehrling«, bemerkte Gregor.

»O nein! Du bist kein Lehrling«, erwiderte Onkel Vladi. »Du bist der Auserwählte – der, auf den wir Rabenaus gewartet haben!«

Gregor spürte eine starke Wärme, die von seinem Amulett ausging. Plötzlich erfüllte ihn eine große innere Ruhe.

»Aber *ich* muss nicht fasten, oder?«, fragte er.

»Nein«, antwortete Onkel Vladi. »Sämtliche Vorbereitungen, die noch zu treffen sind, liegen in meiner Verantwortung. Nur um eins möchte ich dich bitten: Damit Robert nicht den Erfolg unserer Mission gefährdet, sollst du ihn für Freitagnachmittag auf den Friedhof bestellen. Um vier Uhr wollen wir uns vor der Kapelle treffen.«

»Und was willst du mit Robert anstellen?«

»Wünschest du, dass Feinde dein Geheimnis nicht erfahren, so sage es auch deinem Freunde nicht«, erwiderte Onkel Vladi. »Was du nicht weißt, kann Robert dir nicht entlocken.«

»Es stimmt, Robert setzt einen ziemlich unter Druck, wenn er etwas herauskriegen will«, gab Gregor ihm Recht.

»Und aus diesem Grund möchte ich dir keine weiteren Einzelheiten mitteilen«, sagte Onkel Vladi. »Falls Robert wirklich der Gehilfe der Familie Engelmann ist, verfügt er ebenfalls über besondere Kräfte und kann möglicherweise sogar deine Gedanken lesen.«

»Er kann meine Gedanken lesen?«

»Ausgeschlossen ist es nicht. Doch du kannst dich dagegen schützen. Wenn du spürst, dass Robert versucht, in deine Gedanken einzudringen, stellst du dir vor, durch eine Glasscheibe von ihm getrennt zu sein. Dann kannst du ihn sehen und hören, aber sein animalischer Magnetismus kann dich nicht erreichen.«

»Sein was?«

»Sein animalischer Magnetismus. Damit bezeichnet man eine Kraft, die der menschliche Körper ausstrahlt. Robert könnte eine magnetische Verbindung zu dir herstellen, mit deren Hilfe es ihm gelingen würde, deine Gedanken und Empfindungen zu ergründen. Der animalische Magnetismus kann jedoch kein Glas durchdringen. Dieses Phänomen wurde vor über dreihundert Jahren von dem Gelehrten Athanasius Kircher entdeckt.«

»Es klingt auch ziemlich kompliziert.«

»Aber dir eine Glasscheibe vorzustellen dürfte nicht allzu schwierig sein, oder?«

»Nein.« Gregor war auf einmal sehr müde. »Ich glaub, ich geh jetzt auch ins Bett«, murmelte er.

»Und ich werde dir in Kürze folgen, damit wir dein Zimmer sichern«, kündigte Onkel Vladi an.

»Mein Zimmer sichern?«

»Hast du vergessen, dass gestern Nacht Innocentia im Garten gestanden hat?«

»Nein …«

Rittersporn und Hagedorn

Eine halbe Stunde später klopfte es an Gregors Tür. Gregor, der schon im Bett lag, zuckte erschrocken zusammen. Er hatte gerade in Bram Stokers *Dracula* noch einmal jene Stelle gelesen, an der Dr. van Helsing Lucys Zimmer mit Knoblauch präpariert, um sie vor Graf Dracula zu schützen.

»Bist du es, Onkel Vladi?«, rief er.

»Der Nämliche«, kam die Antwort. »Darf ich hereinkommen?«

»Ja.« Gregor legte das Buch auf seinen Nachttisch.

Onkel Vladi trat ein, mit seiner großen braunen Ledertasche in der Hand. »Du hast gelesen?«, sagte er mit Blick auf das Buch.

Gregor nickte. »Ich wollte wissen, wie Dr. van Helsing Lucys Zimmer gesichert hatte.«

»Er hatte es sehr schlecht gesichert. Wenn du weiterliest, wirst du erfahren, dass die arme Lucy das Opfer Draculas wurde.«

»Und wieso war das schlecht, was Dr. van Helsing gemacht hatte?«

»Ich nehme an, er wusste es nicht besser – oder, richtiger, der Schriftsteller Bram Stoker wusste es nicht besser«, antwortete Onkel Vladi. »Aber Bram Stoker ist niemals in Transsylvanien gewesen. Insofern hat er sein Wissen nicht, wie wir Rabenaus, an Ort und Stelle gewonnen.«

Er trat ans Fenster und prüfte die Griffe.

»Das hat Dr. van Helsing auch gemacht«, warf Gregor ein.

»Ich habe nicht gesagt, es wäre *verkehrt* gewesen, was er unternommen hat«, stellte Onkel Vladi richtig. »Es hat nur eben nicht ausgereicht, die Fensterrahmen und den Türrahmen mit Knoblauch abzureiben und einen Kranz aus Knoblauchblüten um den Hals der beklagenswerten Lucy zu legen, wie es Dr. van Helsing getan hat.«

»Mir legst du hoffentlich keinen Kranz aus Knoblauchblüten um den Hals?«, fragte Gregor.

»Sei unbesorgt, nein!« Onkel Vladi entnahm seiner Tasche einen Stoffbeutel. Dann öffnete er das Fenster. »Seit alters verwenden wir in Transsylvanien Mohn- und Hirsekörner. Wenn Vampire auf ihrem Weg Mohnkörner oder Hirsekörner finden, so können sie nicht an ihnen vorüber, ohne sie zählen zu müssen.«

Onkel Vladi schloss das Fenster wieder. Nun holte er drei Zitronen aus seiner Tasche und legte sie auf die Fensterbank.

»Früher hatten die Leichenträger stets Zitronen bei sich. Ihr Geruch vertreibt die Totengeister. Und deshalb ...« – er nahm ein kleines Messer aus der Tasche und vierteilte die Zitronen – »deshalb schneiden wir sie auf, um ihren Geruch zu verstärken.«

Zu den Zitronen legte er drei Knoblauchknollen. Anschließend hängte er drei getrocknete Sträuße über die Fenstergriffe.

»Was ist das?«, fragte Gregor neugierig.

»Der linke Strauß ist Bärlapp. Seine Ähren entsenden einen weißen Sporenstaub. Wir nennen ihn Drudenmehl, weil er gegen die Druden hilft.«

»Gegen die Druden?«

»Das sind Nachtmahre. Man muss allerdings stets ein Opfer von Wein und Brot darbringen, bevor man den Bärlapp sammelt.«

»Sonst wirkt er nicht?«

»Richtig.«

»Und die anderen beiden Sträuße?«

»Der rechte Strauß ist Eisenkraut. In Transsylvanien sagen wir: ›Wer Eisenkraut bei sich hat, braucht keine bösen Geister zu fürchten.‹ Damit das Eisenkraut seine Geister abwehrende Wirkung entfalten kann, muss man es beim Aufgang des Hundssterns sammeln, wenn weder Sonne noch Mond scheinen.«

»Und der Strauß in der Mitte?«

»Das ist ein Strauß mit besonderer Abwehrkraft. Er besteht aus Rittersporn und Hagedorn. Bei ihrem Anblick entfliehen die Vampire mit dem Ausruf ›Hier ist Rittersporn und Hagedorn, hier ist all unser Tun verlorn!‹«

Onkel Vladi schien seine Vorbereitungen am Fenster beendet zu haben, denn jetzt trat er an Gregors Bett. Er griff wieder in seine Tasche und brachte einen mit Seidenpapier umwickelten Gegenstand zum Vorschein.

»Dies ist ein Johannishändchen«, sagte er. »Es soll in deinem Kopfkissenbezug liegen.«

»Ein Johannishändchen?«, wiederholte Gregor beklommen.

»Es ist eine Wurzelknolle«, beruhigte Onkel Vladi ihn. »Man nennt sie Johannishändchen, wenn sie in der Johannisnacht zwischen elf und zwölf Uhr ausgegraben wurde.« Er schob das Papier zur Seite, sodass Gregor einen Blick auf die Knolle werfen konnte. Sie hatte eine schwärzliche Farbe und war tatsächlich wie eine Hand geformt.

»Ich finde, sie sieht unheimlich aus«, sagte Gregor.

»Das mag sein«, gab Onkel Vladi ihm Recht. »Aber die Wirkung des Johannishändchens ist überhaupt nicht unheimlich. Im Gegenteil. Es vertreibt die finsteren, unheimlichen Mächte! Und das tun die Johannishändchen schon seit Jahrhunderten«, fügte er hinzu. »Sie zu benutzen hat noch keinem Menschen geschadet – nur den bösen Geistern!«

»Also gut.« Gregor reichte Onkel Vladi sein Kopfkissen, der die Wurzelknolle wieder mit dem Seidenpapier umhüllte und sie behutsam in den Kissenbezug schob. Als Gregor gleich darauf seinen Kopf probeweise in das Kissen legte, musste er laut lachen, ohne dass er einen Grund dafür wusste.

»Wie ich sehe, beginnt das Johannishändchen bereits seine Wirkung zu entfalten«, meinte Onkel Vladi.

»Es wirkt schon?«

»Ja! Das Lachen ist eine mächtige, positive Kraft. Wer lacht, fürchtet sich nicht«, erklärte Onkel Vladi. »Und damit bleibt uns nur noch, die Sicherung deiner Tür vorzunehmen.«

»Ich könnte sie abschließen«, sagte Gregor.

»Eine auf gewöhnliche Art verschlossene Tür bietet keinen Schutz vor Vampiren«, antwortete Onkel Vladi. Er öffnete ein Leinensäckchen und streute Holzspäne in einem Halbkreis um die Tür herum. »Die Späne der Zitterpappel hingegen, sofern sie am Heiligen Abend gesägt wurde, stellen eine kaum zu überwindende Barriere für Vampire dar.«

»Ich weiß nicht, was meine Mutter sagen wird, wenn vor der Tür Sägespäne liegen und Zitronen und Knoblauch auf dem Fensterbrett ...«, wandte Gregor ein.

»Sie wird gar nichts sagen«, entgegnete Onkel Vladi. »Weil du die Späne morgen früh zusammenfegen und im Garten vergraben wirst. Außerdem wirst du die Kräutersträuße, den Knoblauch und die Zitronen sowie das Johanishändchen in deinem Schrank einschließen.«

»Das soll ich alles noch vor der Schule machen?«, murrte Gregor.

»Beginnt dein Unterricht morgen nicht erst mit der zweiten Stunde?«

Gregor wurde rot. »Doch. Hast du das etwa in meinen Gedanken gelesen?«

»Nein, auf dem Stundenplan, der an eurem Kühlschrank

hängt.« Onkel Vladi lächelte. »Übrigens solltest du heute Nacht doch besser deine Tür abschließen. Aber nicht wegen der Vampire, sondern um deiner Mutter einen unnötigen Schrecken zu ersparen.«

Er wandte sich zum Gehen.

»Warte!«, bat Gregor.

»Ja?«

Gregor räusperte sich. »Stimmt es, dass Vampire fliegen können, ich meine, wenn sie einen Vampirumhang haben?«

»Meines Wissens nicht«, antwortete Onkel Vladi. »Im Übrigen scheint Innocentia gar keinen solchen Umhang zu besitzen. Sie soll stets ihr Brautkleid tragen.«

»Und warum hast du mein Fenster dann so gründlich gesichert?«

»In Rufinas Notizen steht, dass Innocentia und ihre Eltern das Phänomen der Levitation beherrschen. Sie können ihre Körper so leicht machen, dass sie sich vom Erdboden abheben und schweben. Ihr Schweben sehe aus, als ob sie flögen, schreibt Rufina.«

»Tatsächlich?«

»Ja. Hast du noch mehr Fragen?«

»Die Kräuter und Zitronen und die Späne von der Zitterpappel und das Johannishändchen …«, zählte Gregor auf. »Ist das wirklich alles, womit wir uns gegen Innocentia und ihre Eltern schützen können?«

»Eine kluge Frage!«, sagte Onkel Vladi. »Nein, das ist nicht alles! Die Maßnahmen, die wir heute Abend getroffen haben, stellen nur die Standardmethoden dar. Uns Rabenaus stehen aber noch sehr viel zauberkräftigere Mittel zur Verfügung! Doch die bleiben unserer eigentlichen Mission vorbehalten. Wenn wir die Engelmann'sche Gruft betreten, um das Lebenswerk unserer Ahnherrn zu vollenden, werden wir von Dingen geschützt sein, über die du in keinem Buch der Welt etwas lesen kannst – außer in Rufinas Notizbuch! – und über die ich dir jetzt noch nichts sagen kann«, fügte Onkel Vladi hinzu. »In der kommenden Nacht bist du ausreichend geschützt durch die Maßnahmen, die wir ergriffen haben, und durch dein Amulett, das du auf gar keinen Fall ablegen darfst.«

»Das will ich auch nicht«, antwortete Gregor.

»Dann wünsche ich eine friedliche Nachtruhe!«, sagte Onkel Vladi und verließ das Zimmer.

Früchte süß und zart

Als Gregor am nächsten Morgen in die Küche kam, saß nur seine Mutter am Frühstückstisch.

»Schon so früh unterwegs?«, sagte sie scherzend.

»Ja.« Zu seinem eigenen Verdruss war er eine Stunde zu früh aufgewacht.

»Hast du schlecht geschlafen?«, wollte sie wissen.

»Warum fragst du?«, erwiderte er.

»Du siehst blass aus.«

Gregor hatte tatsächlich nicht sehr gut geschlafen. Er hatte geschwitzt und war mehrmals aufgewacht. »Ich hab schlecht geträumt.«

»Und wovon?«

»Von der Schule«, behauptete er. In Wirklichkeit hatte er von Tieren mit langen Fangzähnen geträumt, die ihn verfolgten.

»Steht etwa wieder eine Arbeit bevor?«

»Nein!« Er stöhnte leise. »Schläft Onkel Vladi noch?«

»Ich glaube nicht, dass er schläft«, antwortete seine Mutter. »Vorhin sagte er, er wolle den heutigen Tag ganz der Versenkung widmen.«

»Der Versenkung?«

»Onkel Vladi meint wohl ein geistiges Sichversenken. Auf jeden Fall will er auch weiterhin fasten. Merkwürdig, nicht wahr?«

»Nein, wieso.« Gregor füllte Müsli auf seinen Teller.

»Mir kommt es schon eigenartig vor, wenn man bei lieben Verwandten zu Gast ist und nach vier Tagen plötzlich zu fasten anfängt«, erklärte sie. »Ehrlich gesagt, erscheint es mir sogar ein bisschen unhöflich. Die Ente, die ich am Sonntag braten wollte, kann ich ja nun in der Gefriertruhe lassen.«

»Überhaupt nicht!«, widersprach Gregor. »Erstens mag *ich* Ente. Und zweitens wird Onkel Vladi am Sonntag bestimmt wieder normal essen.«

»Und was bringt dich zu dieser Annahme?«

»Weil dann der Schwendtag vorbei ist.«

»Der Schwendtag...« Sie zog die Augenbrauen in die Höhe. »Ich kann mir nicht helfen, aber einige von Onkel Vladis Sitten und Gebräuchen sind in meinen Augen doch ein wenig... nun... hinterwäldlerisch!«

»Onkel Vladi kommt schließlich aus Transsylvanien,

dem Land jenseits der Wälder«, antwortete Gregor, »und mir gefallen seine Sitten und Gebräuche!«

»Dir gefallen sie?«

»Ja. Ich finde, sie sind …« – er suchte nach den richtigen Worten – »irgendwie anders und aufregend. Genau wie Onkel Vladi!«, fügte er hinzu.

»Es ist schön, dich so positiv über Onkel Vladi sprechen zu hören«, meinte sie. »Und dass ihr beide Freunde werdet, ist für mich die Hauptsache.«

Sie erhob sich.

»Musst du wieder bis sieben arbeiten?«, wollte Gregor wissen.

»Nein, heute nicht. Ich habe mit einer Kollegin getauscht. Mein Spätdienst ist ausnahmsweise morgen.«

»Oh …«, sagte Gregor.

»Was hältst du davon, wenn du morgen Abend mit Onkel Vladi ins Kino gehst?«, schlug sie vor. Offenbar hatte sie sein »Oh« als Ausdruck der Enttäuschung missverstanden. »Bestimmt entdeckt ihr einen Film, der euch beide interessiert.«

»Ja, mal sehen«, antwortete er gespielt gleichmütig.

Nachdem seine Mutter aufgebrochen war, fegte Gregor in seinem Zimmer die Sägespäne zusammen und schüttete sie in eine Papiertüte. Anschließend ging er nach unten, um sie im Garten einzugraben.

Vor Onkel Vladis Zimmer hielt er inne und horchte. Er vernahm schlurfende Schritte, dann wurde etwas auf dem Boden abgesetzt und zweimal ertönten schnappende Geräusche wie das Öffnen von Schlössern. Es raschelte und klirrte und Onkel Vladi murmelte mit dumpfer Stimme einen Spruch, den Gregor nicht verstand. Gleich darauf drang der Geruch nach verbranntem Holz, in den sich Weihrauchdüfte mischten, durch die Tür. Einen Moment lang war Gregor versucht anzuklopfen. Aber dann entschied er, es wäre besser, Onkel Vladi nicht zu stören.

Vom Garten aus sah er, dass die Rollos vor Onkel Vladis Fenstern heruntergezogen waren. Sein Herz klopfte schneller. Was auch immer Onkel Vladi dort in dem abgedunkelten Raum machte … es war mit Sicherheit unheimlich und gefährlich!

Gregor holte eine Schaufel aus dem Schuppen. Er hatte geglaubt, es würde ihm lächerlich vorkommen, für eine Tüte voller Holzspäne ein Loch zu graben, anstatt sie in den Mülleimer zu werfen. Doch als das Loch ungefähr dreißig Zentimeter tief war und er die Späne hineinschüttete, erfüllte ihn ein feierlicher Ernst. Es mussten wirklich sehr besondere Holzspäne sein!

In der Schule stellte Gregor fest, dass Robert fehlte. Sein erster Gedanke war, nach dem Unterricht zu ihm zu gehen. Aber dann beschloss er, vorher mit Onkel Vladi zu sprechen.

Als Gregor zu Hause ankam, fand er jedoch nur einen Briefumschlag auf der Flurkommode vor, der an ihn adressiert war. Er öffnete ihn und mit einiger Mühe las er die altmodische Tintenschrift:

Lieber Gregor!

Meine Vorbereitungen erfordern es, den heutigen Nachmittag in der Nähe der Engelmann'schen Gruft zu ver-

bringen. Ich hoffe, dich wohlbehalten beim Abendessen wieder zu sehen. Onkel Vladi

In diesem Augenblick klingelte das Telefon. Wie Gregor erwartet hatte, war es seine Mutter. Sie wusste bereits, dass Onkel Vladi nicht zu Hause war, weil er sie in der Bibliothek angerufen hatte. Allerdings hatte Onkel Vladi ihr nicht gesagt, wohin er ging. Jetzt rief sie an, um zu sagen, Gregor solle sich etwas zu essen kaufen; sie sei sogar mit einem Hamburger einverstanden, falls er darauf Appetit habe.

Gregor holte sein Fahrrad aus dem Keller und fuhr los. Er kaufte sich tatsächlich einen Hamburger. Beim Essen überlegte er, ob er zum Friedhof fahren und Onkel Vladi seine Hilfe anbieten sollte. Aber Onkel Vladi wollte bestimmt lieber allein sein, denn andernfalls hätte er Gregor in seinem Brief aufgefordert hinterherzukommen. Wahrscheinlich führte er irgendwelche geheimnisvollen Zeremonien durch!

Gregor beschloss zu der Siedlung zu fahren, in der Robert bei seinen Großeltern lebte. Ihre Wohnung lag im dritten Stock eines Hochhauses. Gregor nahm den Fahrstuhl, dann drückte er auf den Klingelknopf. Roberts Großmutter kam an die Tür. Sie war klein und rundlich und Gregor bemerkte, dass sie zwei verschiedenfarbige Strümpfe trug, einen grünen und einen roten.

»Was möchtest du!«, fragte sie. Offenbar erkannte sie ihn nicht wieder.

»Ich bin Gregor«, sagte er. »Ich wollte Robert besuchen.«

»Robert? Ich weiß gar nicht, ob er da ist…«, antwortete sie.

»Aber in der Schule war er nicht!«

»Dann muss er wohl zu Hause sein. Robert, bist du da?«, rief sie.

»Was ist?«, kam die unfreundliche Antwort.

»Ein Junge möchte dich sprechen.«

»Und wer?«

»Wie war noch dein Name?«, fragte sie.

»Gregor.«

»Gregor!«, rief sie.

»Soll reinkommen«, antwortete Robert.

Als Gregor das kleine Zimmer am Ende des Flurs betrat, sah er Robert im Bett liegen. Die Vorhänge waren zugezogen, aber trotzdem erkannte er, dass Robert einen Wollschal um den Hals gebunden hatte.

»Du bist krank?«, sagte er überrascht.

»Wolltest du kontrollieren, ob ich die Schule schwänze?« Roberts Stimme klang heiser.

»Nein!«

»Was sonst? Na los, spuck's aus!«

»Hast du Fieber?«, fragte Gregor.

»Bist du von der Gesundheitsbehörde?«, konterte Robert.

Gregor trat unbehaglich von einem Fuß auf den anderen. »Glaubst du, dass du morgen wieder zur Schule kommen kannst?«

»Na klar«, spottete Robert. »Von dem supertollen Unterricht möchte man schließlich keine Minute versäumen! Aber warum bist du auf einmal so interessiert an mir?«

»Es hat mit meinem Onkel zu tun.«

»Und was ist mit ihm?«

»Weißt du noch, wie er zu dir gesagt hat: ›Die Staude der Geduld ist von saurer Art, doch endlich bringt sie Früchte süß und zart‹?«

»Er hat gesagt, die Staude ist von bittrer Art!«, verbesserte Robert.

»Also *kannst* du dich erinnern!«

»Ja, und?«

»Mein Onkel lässt dir ausrichten, dass er dich morgen in die Engelmann'sche Gruft mitnehmen will – vorausgesetzt, du möchtest sie noch sehen.«

»Natürlich möchte ich sie sehen! Und wieso hat dein Onkel plötzlich seine Meinung geändert?«

»Woraus schließt du, dass er seine Meinung geändert hat?«

»Zuerst wollte er mich nicht mit in die Gruft nehmen!«

»Das hat mein Onkel nie gesagt«, erwiderte Gregor. »Er hat nur gemeint, es wäre sehr gefährlich, die Engelmannsche Gruft zu betreten. Aber in der Zwischenzeit hat er ein paar Maßnahmen getroffen, die garantieren, dass nichts passieren wird.«

Robert setzte sich in seinem Bett auf. »Was für Maßnahmen?«

»Keine Ahnung.«

»Du weißt nicht, was dein Onkel vorhat?«

»Nein.«

»Und das soll ich dir glauben?«

Gregor zuckte mit den Schultern. »Ja.«

In dem Schweigen, das nun eintrat, spürte Gregor einen

Druck zwischen den Augen. Gleich darauf hatte er das Gefühl, als würde etwas aus ihm herausgezogen. Auf einmal begriff er, was es war: Robert versuchte seine Gedanken zu lesen! Er holte tief Luft und dann stellte er sich vor, er wäre durch eine Glasscheibe von Robert getrennt. Sofort verschwand der beklemmende Druck in seinem Kopf.

»Du weißt anscheinend wirklich nichts«, bemerkte Robert.

»Dachtest du, ich würde lügen?«, antwortete Gregor.

»Ja«, knurrte Robert. »Und wann will mir dein Onkel die Gruft zeigen?«

»Morgen Nachmittag um vier. Wir treffen uns an der Kapelle. Und du glaubst wirklich, dass du morgen wieder gesund bist?«, vergewisserte sich Gregor noch einmal.

»Logisch!« Robert grinste breit.

Gregor fiel auf, dass er erstaunlich lange Eckzähne hatte. Aber vielleicht hatte er die schon immer gehabt und es war Gregor nur bisher nicht aufgefallen.

»Ich muss gehen«, sagte er.

»Hast wohl Angst, dich anzustecken, wie?«

»Genau!«

Nächtlicher Besuch

Bei seiner Rückkehr um kurz vor sechs sah Onkel Vladi aus, als könnte er dringend eine Stärkung gebrauchen. Doch die Einladung von Gregors Mutter zum Abendessen lehnte er dankend ab.

»Du willst überhaupt nichts essen?«, fragte sie unzufrieden.

»Ich würde, falls es nicht allzu unliebenswürdig erscheint, gern in mein Zimmer gehen«, antwortete er mit einer Verbeugung.

Gregor hörte erst wieder von Onkel Vladi, als er bereits im Bett lag.

Zuerst pochte es an seiner Zimmertür und dann erklang Onkel Vladis Stimme: »Gregor?«

Mit einem Gefühl der Erleichterung ließ Gregor ihn herein.

»Wie ich sehe, hast du bereits begonnen, dein Fenster zu sichern«, bemerkte Onkel Vladi.

Gregor hatte die Kräutersträuße über die Fenstergriffe gehängt und die Zitronen und den Knoblauch auf die Fensterbank gelegt.

»Ich hatte nur keine Hirse- oder Mohnkörner«, antwortete er.

»Mit Hirse- und Mohnkörnern bin ich reichlich ausgestattet.« Onkel Vladi öffnete seine Ledertasche.

»Für heute Nacht müssen wir deinen Schutz verstärken«, erklärte er.

»Und warum? Ist heute denn eine besondere Nacht?«, fragte Gregor beklommen.

»In der Nacht vor einem Schwendtag sammeln die Mächte des Bösen noch einmal all ihre Kräfte«, sagte Onkel Vladi. »Außerdem ist es recht wahrscheinlich, dass Innocentia und ihre Eltern inzwischen Verdacht geschöpft haben.«

»Glaubst du?«

»Vampire besitzen ein feines Gespür, wenn es gilt, Veränderungen in ihrer Umgebung wahrzunehmen. Umgeknickte Zweige, zertretenes Gras, Spuren im Sand, Papierschnitzel – vieles, an dem wir Menschen achtlos vorübergehen, ist für Vampire von großer Aussagekraft! Und im Laufe der Jahrhunderte haben Innocentia und ihre Eltern gelernt, diese Zeichen zu erkennen und zu deuten.

Im Übrigen fürchte ich, dass sie auch von Robert einige Informationen bekommen haben. Ist es dir gelungen, ihn für morgen zum Friedhof zu bestellen?«

»Ja.« Während Gregor nun von seinem Besuch bei Robert berichtete, verstreute Onkel Vladi Hirse- und Mohnkörner auf dem Fenstersims.

»Hat er versucht in deine Gedanken einzudringen?«, fragte Onkel Vladi und schloss das Fenster wieder.

Gregor nickte. »Ich hatte das Gefühl, als würde etwas aus meinem Kopf herausgezogen. Aber dann hab ich mir vorgestellt, dass ich durch eine Glasscheibe von Robert getrennt bin. Und plötzlich war dieses Gefühl nicht mehr da.«

»Wie ich es mir gedacht hatte … Und du bist überzeugt, dass Robert morgen um vier Uhr an der Kapelle sein wird?«

»Bestimmt! Er war ganz wild darauf, zu kommen.«

»Morgen früh in der Schule wird er sicherlich ein zweites Mal versuchen eine Verbindung zu deinen Gedanken zu knüpfen«, sagte Onkel Vladi.

»Wenn er das tut, stelle ich mir wieder die Glasscheibe vor!«, antwortete Gregor.

»Sehr gut.« Onkel Vladi holte eine kleine braune Wurzel aus seiner Tasche. »Heute werden wir zusätzlich Allermannsharnisch vor deinem Fenster auslegen. Fällt dir an dem Geruch etwas auf?«

»Ja.« Gregor hustete. »Es riecht wie Knoblauch.«

»Ganz recht.« Onkel Vladi legte die Wurzel auf die Fensterbank. »In Rufinas Notizen steht, viele Vampire würden den Geruch des Allermannsharnisch sogar noch mehr verabscheuen als den des Knoblauchs.«

»Ist das Johannishändchen noch an seinem Platz?«, fragte er dann.

»Ja«, bestätigte Gregor.

»Damit bleibt uns nur noch, deine Zimmertür zu sichern.«

Wie am Abend zuvor streute er einen Halbkreis aus Holzspänen um die Tür herum.

»Muss ich die Späne wieder im Garten vergraben?«, wollte Gregor wissen.

»Dein Unterricht beginnt morgen mit der ersten Stunde, nicht wahr?«, sagte Onkel Vladi.

»Ja.«

»In diesem Fall wird es reichen, wenn du sie, zusammen mit den Kräutersträußen und den übrigen Schutzmitteln, in deinen Schrank legst.«

Onkel Vladi wandte sich zum Gehen. »Gibt es noch etwas Wichtiges zu besprechen?«

Gregor zögerte.

Er ahnte, dass Onkel Vladi ihm keine Einzelheiten über seine Pläne verraten würde, und so fragte er nur: »Glaubst du, dass es in der Engelmann'schen Gruft sehr gefährlich wird? Ich meine, für uns?«

»Die Gefahr flieht, wenn man ihr ins Auge sieht!«, antwortete Onkel Vladi. Er wünschte eine Gute Nacht und ging.

Gregor lief zur Tür und drehte den Schlüssel herum. Danach kehrte er in sein Bett zurück und zog sich die Decke bis zum Kinn. Er hatte heftiges Herzklopfen und ihm war auf einmal ganz kalt.

Onkel Vladis Worte »Die Gefahr flieht, wenn man ihr

ins Auge sieht« gingen ihm durch den Kopf. Und wenn die Gefahr morgen nicht floh, sondern dem Blick standhielt …?, dachte er. Würde sich dann nicht ein anderes Sprichwort bewahrheiten – eins, das seine Mutter gern benutzte: »Wer sich in Gefahr begibt, kommt darin um«?

Mit der rechten Hand tastete Gregor nach dem Amulett. Er spürte, wie seine innere Anspannung nachließ. »Onkel Vladi hat Recht!«, sprach er sich selbst Mut zu. »Die Gefahr *wird* fliehen!«

Darüber schlief er ein.

Seltsame Laute, die vom Fenster kamen, weckten ihn. Es klang, als würde jemand mit den Fingerspitzen gegen die Scheibe trommeln. Dann fuhr etwas mit einem kratzenden Geräusch über das Glas …

Gregor war vor Schreck wie gelähmt.

Flüsternd sprach er ein Stoßgebet: »Mach, dass die Kräutersträuße wirken! Mach, dass der Knoblauch und die Zitronen wirken! Mach, dass der Allermannsharnisch wirkt!«

Nun hörte er einen dumpfen Ton, als wäre etwas auf die Erde gefallen. Danach blieb es still.

Schließlich trat er ans Fenster und spähte durch die Jalousien. Es war eine klare, wolkenlose Nacht und der Mond, der wie eine riesige weiße Scheibe am Himmel stand, beleuchtete jeden Winkel des Gartens. Zuerst konnte Gregor nichts Ungewöhnliches erkennen. Doch als sein Blick auf den Fenstersims fiel, sah er, dass ein Teil der Hirse- und Mohnkörner fehlte.

Es war also wirklich jemand an seinem Fenster gewesen! Und dieser Jemand musste … ein Vampir gewesen sein!

Gregors Herz klopfte wie rasend. Er ging zu seinem Bett zurück und schlüpfte unter die Decke. Dann lag er mit weit aufgerissenen Augen da und starrte ins Dunkel. Doch nichts rührte sich und irgendwann schlief er ein.

Am nächsten Morgen lief Gregor als Erstes ans Fenster. Er zog die Jalousien hoch – und stieß einen Schrei aus: Der nächtliche Besucher hatte etwas auf seine Scheibe geschrieben, und zwar – mit Blut!

Entsetzt ließ Gregor die Jalousien wieder herunter. Er zitterte am ganzen Körper. Was sollte er jetzt tun? Seine Mutter rufen? Onkel Vladi holen? Er nahm seinen Mut zusammen und zog die Jalousien ein zweites Mal in die Höhe. Nun entzifferte er auch, was auf der Fensterscheibe stand: KOMM! Ihm sträubten sich die Haare. Plötzlich hatte er den Verdacht, einer der Vampire könnte *in* seinem Zimmer gewesen sein! Und möglicherweise hatte dieser Vampir seine Botschaft mit Gregors eigenem Blut geschrieben …

Voller Sorge fühlte er an seinem Hals nach Bissstellen, konnte aber keine entdecken.

Er streckte seinen Zeigefinger aus, um zu prüfen, ob das Blut an der Fensterscheibe noch feucht war. Zu seiner Verblüffung stieß er mit der Fingerkuppe gegen glattes, kaltes Glas.

Es dauerte einen Moment, bis Gregor begriff: KOMM! war seitenverkehrt von außen auf seine Fensterscheibe geschrieben worden!

Er ballte die Fäuste. »Ich werde kommen!«, sagte er. »Und schon heute Nachmittag, zusammen mit Onkel Vladi!«

Knoblauchpudding

Als Gregor von der Schule nach Hause kam, hatte er ein komisches Gefühl im Magen. Aber das wunderte ihn nicht, denn immerhin war heute *der* Tag, an dem Onkel Vladi das Lebenswerk ihres Ahnherrn Anselm Rabenau vollenden wollte – mit seiner Hilfe!

Im Flur fiel Gregor ein unmissverständlicher Geruch auf: der nach Knoblauch! Er brauchte nur seiner Nase zu folgen, um Onkel Vladi in der Küche zu finden. Onkel Vladi stand am Herd und rührte in einem Topf. Er war von Kopf bis Fuß schwarz gekleidet und sah blass und übernächtigt aus, als hätte er nicht geschlafen.

Bei Gregors Eintreten nickte er freundlich und sagte: »Gerade hat deine Mutter angerufen. Sie lässt dir ausrichten, dass du dir den Nudelauflauf warm machen sollst.«

»Nein, danke«, erwiderte Gregor. »Mein Magen ist heute irgendwie durcheinander.«

»Dann wird dir *mein* Essen erst recht gut bekommen!«

»Und was ist es?«, fragte Gregor argwöhnisch.

»Knoblauchpudding, nach einem Rezept von Rufina!«

»Pudding – mit Knoblauch ...?«

»Ja!« Onkel Vladi füllte drei Schalen mit einer cremigen weißen Masse.

»Knoblauchpudding schmeckt nicht nur vorzüglich, er hilft auch bei Magengrimmen. Darüber hinaus besitzt er eine hervorragende Wirkung gegen böse Geister. Das liegt an den Zutaten. Ich habe sechs Knoblauchknollen, den Saft von drei Zitronen, abgeriebene Zitronenschale und einige Prisen der sehr heilkräftigen Muskatnuss verwendet.«

»Sechs Knoblauchknollen?«

»Unter normalen Umständen würde man mit weniger auskommen.«

Gregor räusperte sich. »Dann werden wir ja eine schöne Knoblauchfahne kriegen ...«

»Das will ich hoffen!«, sagte Onkel Vladi. »Aber setz dich doch.«

Gregor nahm am Küchentisch Platz. Onkel Vladi setzte sich ihm gegenüber und begann zu essen.

»Musst du nicht mehr fasten?«, fragte Gregor.

»Die Zeit der inneren und äußeren Reinigung ist vorüber«, erklärte Onkel Vladi. »Nun gilt es, sich an Leib und Seele für die Aufgaben zu stärken, die vor uns liegen. Aber du solltest auch essen! Es ist wichtig, dass dein Magen gefüllt ist, wenn wir in die Engelmann'sche Gruft gehen.«

Gregor probierte einen kleinen Bissen.

»Schmeckt dir mein Knoblauchpudding?«, wollte Onkel Vladi wissen.

»Ja«, sagte Gregor überrascht. »Gut sogar«, musste er zugeben.

»Wir werden auch noch einen Vorrat meiner Transsylvanischen Edelsteine mitnehmen«, verriet Onkel Vladi.

»Und was sind Transsylvanische Edelsteine?«

»Knoblauchzehen, mit Schokolade überzogen!«

Onkel Vladi stand auf. Er stellte die dritte Schale in den Kühlschrank – für Gregors Mutter, wie er sagte – und räumte das Geschirr zusammen.

»Nachdem wir uns gestärkt haben, werden wir uns nun für eine halbe Stunde in unsere Zimmer zurückziehen und uns innerlich sammeln, bevor wir zur Engelmann'schen Gruft aufbrechen!« Mit dieser Ankündigung drehte er sich zur Tür um.

»Onkel Vladi?«, sagte Gregor hastig.

»Ja?«

»Soll ich mir nachher auch etwas Schwarzes anziehen?«

»Nein. Du bist passend gekleidet mit deinem Pullover, den Turnschuhen und der Nietenhose«, antwortete Onkel Vladi.

»Jeans«, verbesserte Gregor.

»Also gut, Jeans«, sagte Onkel Vladi. »Wir treffen uns dann in einer halben Stunde wieder!«

Er verließ die Küche.

Gregor ging nach oben in sein Zimmer. Auf der Treppe

fiel ihm ein, dass er vergessen hatte, mit Onkel Vladi über das KOMM! auf seiner Fensterscheibe zu sprechen. Er nahm seinen Zimmerschlüssel aus der Hosentasche. Heute Morgen hatte er den Schlüssel eingesteckt, damit seine Mutter die Schrift nicht entdeckte.

Beim Anblick des blutroten KOMM! auf der Fensterscheibe durchzuckte Gregor aufs Neue ein heftiger Schreck. Am liebsten hätte er die Schrift jetzt sofort abgewischt! Aber nach kurzem Zögern beschloss er, sie stehen zu lassen. Vielleicht wollte Onkel Vladi noch irgendwelche Untersuchungen daran vornehmen, bevor sie zum Friedhof gingen.

Gregor setzte sich auf sein Bett und überlegte, wie er es anstellen sollte, sich innerlich zu sammeln. Unter keinen Umständen durfte er über das nachdenken, was sie in der Engelmann'schen Gruft erwartete, weil ihn das nur nervös machen würde!

Er entschied, dass es das Beste wäre, sich durch Lesen abzulenken. Allerdings stand ihm der Sinn heute nicht nach *Dracula*. Er nahm *Der Hund von Baskerville*, geschrieben von Arthur Conan Doyle, aus dem Regal. Doch obwohl die Geschichte sehr spannend war, fiel es ihm schwer, sich zu konzentrieren. Immer wieder sah er auf seine Armbanduhr, und als fünfundzwanzig Minuten herum waren, stand er auf. Er schloss seine Zimmertür hinter sich ab und ging die Treppe hinunter.

Im Flur traf er Onkel Vladi. Wie bei seiner Ankunft auf dem Bahnhof trug Onkel Vladi seinen fast bodenlangen schwarzen Wollumhang. In der Hand hielt er seine große braune Ledertasche, die diesmal noch voller zu sein schien.

Er sah Gregor prüfend an und fragte: »Hast du dein Amulett umgehängt?«

»Ja«, bestätigte Gregor. »Und ich wollte dir noch sagen, dass heute Nacht jemand KOMM! auf meine Fensterscheibe geschrieben hat. Mit Blut!«, fügte er hinzu.

»Das habe ich gesehen«, antwortete Onkel Vladi. »Ich vermute, es war Innocentia.«

»Innocentia? Und warum glaubst du, dass sie es war?«

»Beim Öffnen des Fensters habe ich draußen auf dem Sims einige sehr lange schwarze Haare gefunden.«

»Du warst *in* meinem Zimmer?«

»Ich bitte dich, mir diesen Einbruch in dein privates Reich nachzusehen. Angesichts der besonderen Umstände war es leider unumgänglich.«

»Aber ich hatte doch abgeschlossen!«

»Erinnerst du dich an meine Andreasschlüssel?«

»Ach so …«

»Gehen wir?«, sagte Onkel Vladi.

Gregor nickte.

Auf dem Weg zum Friedhof fragte Onkel Vladi: »Hast du noch einmal mit Robert gesprochen?«

»Ja, heute Morgen.«

»Und du bist sicher, dass er unsere Verabredung einhalten wird?«

»Ja, bestimmt«, sagte Gregor. »Ich weiß aber nicht, ob er auch pünktlich sein wird.«

Die alte Kapelle

Als sie am Friedhof ankamen, lief Robert zu Gregors Verwunderung bereits unruhig vor dem großen Tor hin und her.

»Ich finde es echt toll, dass Sie mir die Engelmann'sche Gruft zeigen wollen«, sagte er zu Onkel Vladi.

»Hat Gregor dir nicht aufgetragen, an der alten Kapelle auf uns zu warten?«, erwiderte Onkel Vladi und öffnete die kleine Pforte für die Fußgänger.

»Doch«, antwortete Robert. »Ich dachte bloß, es wäre besser, wenn wir zusammen hingehen.«

»Und weshalb dachtest du das?« Onkel Vladi hatte den

breiten, von dichten Hecken gesäumten Hauptweg eingeschlagen.

»Weil … man kann ja nie wissen, wer einem in die Quere kommt!«

»Gehst du sonst nicht auch allein auf den Friedhof?«

»Schon. Aber heute ist schließlich ein besonderer Tag!«

»Ach, wirklich? Und welcher?«

»Ein Schwendtag«, platzte Robert heraus.

Onkel Vladi drehte sich zu Gregor um und warf ihm einen fragenden Blick zu.

»Ich habe nichts gesagt!«, erklärte Gregor.

»Stimmt.« Robert grinste. »Aber vor mir kann man nichts geheim halten, am allerwenigsten Gregor.«

»Das glaubst auch nur du!«, erwiderte Gregor wütend.

Offenbar hatte Robert den Schwendtag in seinen Gedanken gelesen.

»Und was weißt du über den Schwendtag?« Onkel Vladi musterte Robert forschend.

»Ach, nicht viel …«

»Ich habe nicht gefragt, ob du viel oder wenig weißt, sondern, was!«

»Dass es ein sehr gefährlicher Tag ist.«

»Gefährlich für wen?«

»Für die …«, begann Robert und brach dann erschrocken ab.

»Für die Vampire?«, vollendete Onkel Vladi den Satz.

»Hm, ja.« Robert lachte verlegen. »Aber in Wirklichkeit gibt es doch keine Vampire, oder?«

Onkel Vladi antwortete nicht.

Sie hatten das Mittelrondell erreicht, in dem ein großer

Brunnen stand. Hier gabelte sich der Hauptweg. Der äußerste rechte Weg führte zur alten Kapelle. Schaudernd blickte Gregor zu dem runden Feldsteinbau mit dem Kegeldach hinüber. Soweit er wusste, wurden dort die Leichen bis zu ihrer Beerdigung aufbewahrt …

»Warum gehen wir eigentlich nicht direkt zur Engelmann'schen Gruft?«, fragte Robert jetzt.

»Weil wir noch einige Vorbereitungen treffen müssen«, antwortete Onkel Vladi. »Und dabei soll uns niemand – wie du gerade so treffend gesagt hast – in die Quere kommen!«

Mit festen Schritten näherte er sich der hohen, eisenbeschlagenen Eingangstür der Kapelle. An der Tür sah er sich noch einmal nach allen Richtungen um. Dann entnahm er seiner Ledertasche den großen Schlüsselbund. Er hielt ihn in die Höhe und murmelte etwas.

»Sind das besondere Schlüssel, die Sie da haben?«, wollte Robert wissen.

»Allerdings!«

»Und was für welche?«

»Besondere!«

Onkel Vladi steckte einen langen, uralt aussehenden Schlüssel in das Schloss. Tatsächlich passte er! Nun drehte er den Schlüssel herum und mit einem knarrenden Geräusch schwang die Tür nach außen auf.

Unwillkürlich wich Gregor ein paar Schritte zurück. Robert dagegen reckte den Kopf und versuchte an Onkel Vladi vorbei in das Halbdunkel der Kapelle zu spähen.

»Warum gehst du nicht schon hinein, wenn du so ungeduldig bist?«, schlug Onkel Vladi vor.

»Nein, lieber nicht«, wehrte Robert ab. »Meine Oma sagt immer, man soll Erwachsenen den Vortritt lassen.«

»Eine kluge Frau, deine Oma«, bemerkte Onkel Vladi.

Er schaltete seine Taschenlampe ein und verschwand in der Kapelle, gefolgt von Robert. Zögernd ging Gregor hinterher.

In diesem Augenblick machte jemand – vermutlich war es Onkel Vladi – in der Kapelle Licht.

»Das ist überhaupt keine richtige Kapelle!«, ertönte Roberts enttäuschte Stimme.

»Was hattest du denn erwartet?«, erwiderte Onkel Vladi.

»Jedenfalls kein Holzlager.«

Gregor seufzte erleichtert. Demnach war es nur ein Gerücht gewesen, dass in der alten Kapelle die Toten aufbewahrt wurden.

Und wirklich hatte Gregor beim Betreten der Kapelle den Eindruck, in eine Werkstatt zu kommen. Latten und Bretter lehnten an den Wänden und es gab sogar eine Hobelbank. Ein zerschlissener Ohrensessel stand mitten im Raum, neben einem mit Illustrierten übersäten Tisch. Von der Decke hing eine Neonröhre, die ein kaltes, weißes Licht verbreitete. Außerdem roch es nach Leim und frischer Farbe.

»Würdest du so freundlich sein und die Tür schließen, Gregor?«, sagte Onkel Vladi.

Gregor zog die schwere Tür hinter sich zu.

Onkel Vladi zeigte auf den Sessel. »Und dich möchte ich bitten, dort Platz zu nehmen«, wandte er sich an Robert.

»Und wozu soll das gut sein?«, erwiderte Robert.

»Wenn du möchtest, dass ich dir die Engelmann'sche Gruft zeige, solltest du besser tun, worum ich dich bitte!«

»Meinetwegen.« Robert setzte sich.

Das Zeichen des Vampirs

»Nun werden wir dir eine schützende Aura verleihen«, kündigte Onkel Vladi an.

»Und was ist das?«

»Es ist eine Aura, die dich schützt.«

»Und wovor soll sie mich schützen?«

»Hast du nicht selbst zu Gregor gesagt, es wäre sehr gefährlich, die Engelmann'sche Gruft zu betreten?«

»Ja ... Aber ich dachte, mit Ihnen zusammen könnte mir nichts passieren!«

»Dir wird auch nichts passieren. Deswegen will ich dir ja eine schützende Aura verleihen.«

»Na schön.« Robert rutschte unbehaglich im Sessel hin und her. »Wenn es sein muss …«

»Es muss sein«, bestätigte Onkel Vladi. »Und jetzt sollst du versuchen, dich zu entspannen!«

Robert lehnte sich zurück. »Ist das gut so?«

»Für den Anfang ist es schon recht gut«, sagte Onkel Vladi. »Und nun schließ deine Augen!«

»Aber dann kann ich ja nichts mehr sehen …«

»Eben!«

»Kann ich mich nicht auch so entspannen, mit offenen Augen?«

»Du wirst sie schon sehr bald wieder öffnen dürfen. Doch zunächst einmal sollst du sie schließen!«

Robert machte die Augen zu.

»Und nun stellst du dir vor, dass dein Körper ganz leicht wird und dass alle Sorgen und Ängste von dir abfallen«, sagte Onkel Vladi. »Du wirst ruhig, ganz ruhig. Du atmest in tiefen, gleichmäßigen Zügen: ein, aus, ein, aus …«

Onkel Vladi zog die Kette mit dem Marmaroscher Diamanten unter seinem Mantel hervor. Er nahm sie ab und mit ausgestrecktem Arm hielt er sie so, dass sich der Marmaroscher Diamant auf derselben Höhe wie Roberts Augen befand.

»Und nun öffnest du deine Augen und schaust auf dieses wunderschöne Porträt!«

Robert schlug die Augen auf – und stieß einen erstickten Schrei aus.

»Aber das ist ja …«, stammelte er.

Onkel Vladi bewegte den Marmaroscher Diamanten

langsam vor Roberts Augen hin und her, wie das Pendel einer Uhr. »Du kennst die Person in dem Porträt?«

»Ja …«

»Kannst du mir ihren Namen sagen?«

»Sie heißt … Innocentia Engelmann.« Roberts Stimme klang dumpf und fern, als wäre er kurz davor, einzuschlafen. Aber er schlief nicht ein. Nur sein Atem wurde ruhiger und der misstrauische Ausdruck verschwand aus seinem Gesicht. Onkel Vladi fuhr fort, den Marmaroscher Diamanten pendeln zu lassen, und Roberts Augen folgten gebannt seinen Bewegungen.

Plötzlich wusste Gregor, was Onkel Vladi mit Robert machte: Er hypnotisierte ihn!

»Hast du Innocentia des Öfteren getroffen?«, fragte Onkel Vladi.

»Drei…mal«, antwortete Robert mit tonloser, schleppender Stimme.

»Und wo?«

»Auf … dem … Friedhof.«

»Und was hat sie mit dir gemacht?«

»Wir haben uns … unterhalten. Beim Abschied hat sie mich um etwas … Blut gebeten und ich habe … es ihr … gegeben.«

»Du hättest sie gern häufiger getroffen?«

»Ja … ich wollte ihr mehr … Blut geben.«

»Bist du verliebt in sie?«

»Ja.« Ein Lächeln huschte um Roberts Lippen. Unter normalen Umständen hätte er bestimmt geleugnet, in Innocentia verliebt zu sein. Aber in hypnotisiertem Zustand konnte er offenbar nicht lügen.

»Und du hast sie nur dreimal gesehen?«, fragte Onkel Vladi.

»Ja.«

»Und wann zuletzt?«

»Vor … drei … Tagen.«

Onkel Vladis Bewegungen waren allmählich immer langsamer geworden. Jetzt ließ er den Marmaroscher Diamanten still stehen, genau zwischen Roberts Augen.

Unverwandt starrte Robert auf das Porträt.

»Weißt du, wo du bist?«, fragte Onkel Vladi.

»In der … Kapelle«, antwortete Robert.

»Richtig«, sagte Onkel Vladi. »Du sitzt im Sessel und bist vollkommen entspannt. Du wirst hier sitzen bleiben. Du wirst dich nicht aus diesem Sessel erheben!«

Robert gab ein leises Stöhnen von sich. Doch er blieb reglos sitzen.

Onkel Vladi hängte sich die Kette wieder um den Hals.

»Wir werden jetzt Roberts Hals untersuchen«, sagte er zu Gregor.

»Aber versteht er denn nicht, was wir sprechen?«, entgegnete Gregor.

»Das spielt keine Rolle. Er wird sich später an nichts erinnern.«

»Und er kann wirklich nicht aus dem Sessel aufstehen?«

»Nein. Das kann er erst, wenn ich ihn dazu auffordere.« Onkel Vladi rollte den Kragen von Roberts Pullover herunter.

»Wie ich's mir dachte«, murmelte er.

Gregor trat näher heran. »Hat Innocentia ihn gebissen?«, fragte er mit vor Aufregung heiserer Stimme.

»Ja.« Onkel Vladi zeigte auf zwei Wunden, die sich seitlich an Roberts Hals befanden. Sie waren dunkelrot und ungefähr so groß wie der Nagel von Gregors kleinem Finger. In ihrer Mitte wiesen sie eine kraterartige Vertiefung auf.

»Roberts Haut scheint schnell zu heilen«, bemerkte Onkel Vladi. »Das ist erfreulich. Umso besser wird Rufinas Salbe wirken.«

Er ging zu seiner Tasche, die er auf der Hobelbank abgestellt hatte. Mit einem weißen Porzellangefäß kam er zurück.

»Die Salbe ist noch von Rufina?«, fragte Gregor.

»Nein. Nur das Rezept stammt von Rufina«, antwortete Onkel Vladi. »Die Salbe habe ich aus vielen heilkräftigen Zutaten selbst angerührt. Rufinas Salbe hat bereits bei Anselm Rabenau unschätzbare Dienste geleistet. Du musst wissen, dass die Bissstellen eines Vampirs niemals verschwinden. Sie bleiben ein Leben lang als rote Narben sichtbar, die wir in Transsylvanien ›das Zeichen des Vampirs‹ nennen. Wenn sie jedoch mit Rufinas Salbe behandelt werden, verheilen die Bissstellen vollständig.«

Onkel Vladi schraubte den Deckel auf und verrieb eine geringe Menge der grünen, würzig riechenden Salbe auf den Wunden. Auch das löste keinerlei Reaktion bei Robert aus.

»Du bist ja richtig nett zu Robert!«, wunderte sich Gregor.

»Meine Fürsorge gilt nicht ihm persönlich«, antwortete Onkel Vladi. »Sie ist Teil unserer von Anselm Rabenau übernommenen Verpflichtung. Im Übrigen wirst du schon bald eine positive Veränderung bei Robert feststellen.«

»So?« Skeptisch musterte Gregor den bewegungslos im Sessel sitzenden Robert. Mit seinem leeren Blick und dem halb geöffneten Mund wirkte er noch unsympathischer.

Onkel Vladi hatte aus seiner Tasche das Leinensäckchen geholt. Er begann einen Schutzkreis aus Wacholdernadeln um den Sessel herum zu streuen.

Anschließend legte er auf Roberts Turnschuhe zwei schon recht vertrocknete weiße Rosenblüten.

»Hast du die Rosen aus Transsylvanien mitgebracht?«, fragte Gregor.

»Ja. Sie stammen vom Gutshof.«

»Der steht noch? Nach so langer Zeit?«

»Du hast Recht, ich hätte sagen müssen: vom ehemaligen Gutshof! Den alten Gutshof hat man vor vielen, vielen Jahren abgerissen. Aber den Garten gibt es noch und in ihm wachsen Rosen und Wacholder – ganz wie zu Innocentias und Anselms Zeiten!«

Electrum magicum

Onkel Vladi verließ den schützenden Kreis.

»Nun müssen *wir* uns vorbereiten«, sagte er mit ernster Miene.

»Aber mich hypnotisierst du nicht, oder?«, entgegnete Gregor.

»Nein. Es würde mir auch gar nicht gelingen, selbst wenn ich es versuchte.«

»Und warum nicht?«

»Weil du der Auserwählte bist, der mit der doppelten Pupille! Niemand kann *dich* hypnotisieren!«

Gregor warf einen Blick zu Robert hinüber. Wie schade,

dass Robert sich später auch an diese Worte nicht mehr erinnern würde!

Onkel Vladi holte ein kleines silbernes Schmuckkästchen aus seiner Ledertasche. Er öffnete es und Gregor erblickte einen Ring.

»Kannst du dir denken, wer diesen Ring vor langer Zeit geschmiedet hat?«, fragte er.

»Anselm Rabenau?«

»Ja! Er besteht aus Electrum magicum«, verriet Onkel Vladi in geradezu ehrfürchtigem Ton.

»Und was ist das?«

»Zur Herstellung des Electrum magicum braucht man sieben verschiedene Metalle«, erklärte Onkel Vladi. »Wenn man diese Metalle unter Einhaltung komplizierter, jahrhundertealter Zeremonien miteinander verschmilzt, erhält man Electrum magicum. Aus ihm werden magische Spiegel, Glocken, Kugeln und Ringe gegossen. Unserem Ahnherrn Anselm Rabenau ist es nur ein einziges Mal gelungen, Electrum magicum herzustellen. Er hat daraus die Trauringe für Innocentia und sich geschmiedet. Aber wie du weißt, ist es nicht zur Trauung gekommen. Und so hat Anselm Innocentia den für sie bestimmten Ring nie übergeben können. In seinem Schmerz über ihren Tod hat er die beiden Ringe zu einem Ring verschmolzen – zu dem Ring, den du hier vor dir siehst!«

Onkel Vladi nahm ihn vorsichtig aus dem Schmuckkästchen heraus.

»Anselm hat diesen Ring aber erst sehr viel später getragen und nur, weil Rufina es ihm angeraten hatte«, fuhr er fort. »Bei ihren Nachforschungen hatte Rufina herausgefunden, dass Vampire von allen Metallen das Electrum magicum am meisten fürchten.«

»Wirklich?« Voller Scheu betrachtete Gregor den Ring.

»Ja. Und aus diesem Grund sollst du den Ring nun aufsetzen«, sagte Onkel Vladi. »Auf deinen Herzfinger.«

»Auf meinen Herzfinger?«

»So nennen wir in Transsylvanien den Ringfinger der linken Hand. Es heißt, dass von ihm ein feiner Nerv direkt zum Herzen führt. Ein Ring aus Electrum magicum kann nur dann seine volle Wirkung entfalten, wenn er auf dem Herzfinger getragen wird.«

Onkel Vladi nickte Gregor zu. »Probiere es einmal aus, ob der Ring auf deinen Herzfinger passt!«

Zaghaft setzte Gregor den Ring auf seinen linken Ringfinger. Es war die richtige Größe! Er fühlte, wie es in seinem Finger zu kribbeln anfing. Dann stieg das Kribbeln seinen linken Arm hoch und schließlich klopfte sein Herz ganz stark.

»Spürst du die Energie?«, fragte Onkel Vladi.

Gregor nickte. »Ja.«

Onkel Vladi lächelte, sichtlich befriedigt.

Er holte eine kleine Tüte aus seinem Mantel und reichte Gregor etwas, was wie eine mit Schokolade überzogene Nuss aussah.

»Beiß kräftig hinein!«, sagte er.

»Und was ist das?«, wollte Gregor wissen.

»Einer meiner Transsylvanischen Edelsteine.« Onkel Vladi schob sich gleich zwei Transsylvanische Edelsteine in den Mund und zerbiss sie. Ein stechender Knoblauchgeruch breitete sich aus.

»Worauf wartest du noch?«, fragte er.

Widerstrebend folgte Gregor seinem Beispiel. Doch die Mischung aus Schokolade und Knoblauch war nicht so unangenehm, wie er erwartet hatte.

»Damit wären unsere Vorbereitungen abgeschlossen!« Onkel Vladi atmete tief durch. »Bist du bereit?«

»Äh – ja«, antwortete Gregor überrascht. Er hatte sich auf sehr viel umfangreichere Vorbereitungen eingestellt.

Besorgt sah er zu Robert hinüber, der sich immer noch nicht gerührt hatte.

»Können wir Robert einfach so sitzen lassen?«

»Mach dir um ihn keine Gedanken. Er wird es nicht gewahr werden, wie die Zeit verstreicht.« Onkel Vladi ergriff seine Ledertasche und wandte sich zur Tür.

Gregor folgte ihm.

Draußen angekommen versperrte Onkel Vladi die Tür der Kapelle mit seinem Andreasschlüssel. Dann nahm er einen kleinen Gegenstand aus Stahl von seinem Bund und schob ihn in das Schloss.

»Ist das auch ein Abwehrmittel gegen Vampire?«, fragte Gregor.

»Nein. Dieser Sicherheitszylinder soll den Friedhofswärter fern halten. Auf keinen Fall möchten wir, dass Robert geweckt wird, bevor wir unsere Mission beendet haben.«

Onkel Vladi bog in einen versteckten Pfad ein, der hinter der Kapelle begann und mit Büschen und Sträuchern zugewachsen war. Es musste eine Abkürzung zur Engelmann'schen Gruft sein.

Gregor fröstelte. Aber es war auch viel kälter geworden.

Dunkle Wolken hatten sich vor die Sonne geschoben und es sah aus, als würde es gleich regnen. Und noch etwas hatte sich verändert: Gregor hörte plötzlich keine Vogelstimmen mehr …

Onkel Vladi schien es jetzt sehr eilig zu haben.

Der Pfad führte unter einer großen alten Trauerweide hindurch, deren weit ausladende Äste bis auf die Erde reichten. Als Onkel Vladi den dichten Blättervorhang zerteilte, tauchte plötzlich ein düsteres, fensterloses Gemäuer auf.

Im ersten Augenblick wusste Gregor nicht, was es war – bis er Onkel Vladi »Dracul …« murmeln hörte.

Da wurde ihm klar, dass er die Rückseite der Engelmann'schen Gruft vor sich sah!

Geisterbeschwörung

Du musst dein Amulett nun auch unter dem Pullover hervorholen«, erklärte Onkel Vladi. »Es ist absolut notwendig, dass wir in der Engelmann'schen Gruft unsere Amulette offen zeigen. Und wir dürfen sie unter keinen Umständen vom Hals nehmen. Versprichst du mir, dass du dich daran halten wirst?«

»Ja.« Gregor zog seine Kette aus dem Pullover.

Als sie die Eingangstür der Gruft erreichten und Gregor die beiden verschleierten Steinfiguren erblickte, überlief ihn aufs Neue ein kalter Schauer.

Onkel Vladi nahm das Bund mit den Andreasschlüsseln

aus seiner Tasche und schüttelte es mehrmals. Dann steckte er einen Schlüssel in das Schloss und drehte ihn herum. Mit dem schauerlichen Ächzen, das Gregor schon kannte, öffnete sich die Eisentür.

Pechschwarze Finsternis gähnte ihnen entgegen. Ein Geruch nach Fäulnis und Moder erfüllte die Luft, doch war er nicht annähernd so stark, wie Gregor befürchtet hatte.

Onkel Vladi schaltete seine Taschenlampe ein und ging in die Gruft. Mit weichen Knien folgte Gregor ihm – und blieb wie angewurzelt stehen: In der Mitte der Gruft standen zwei riesige Särge aus Stein!

»Ist das …«, fing er an. Da schlug hinter ihnen die Eisentür zu.

Entsetzt fuhr er herum.

»Das war nur die Tür«, beruhigte ihn Onkel Vladi.

»Ist einer davon … Innocentias Sarg?«, flüsterte Gregor.

»Nein«, antwortete Onkel Vladi. »Innocentias Sarg und die Särge ihrer Eltern befinden sich im unterirdischen Grabgewölbe. Dieses sind die Sarkophage von Elsa und Käthe Engelmann.«

Gregor musterte die Steinsärge. Er konnte ein großes, von Engelsflügeln eingerahmtes »E« erkennen – vermutlich das Wappen der Familie Engelmann.

»Sind die beiden auch Vampire?«, fragte er beklommen.

»Ganz im Gegenteil! Elsa und Käthe Engelmann waren als Wohltäterinnen bekannt«, erwiderte Onkel Vladi. »Sie starben in hohem Alter eines natürlichen Todes: an Herzversagen.«

»Und woher weißt du das?«

»Ich habe mich gestern im Kirchenbüro nach der Geschichte der Engelmann'schen Gruft erkundigt. Die Sekretärin dort hat mir erzählt, dass Elsa und Käthe Engelmann als ganz junge Mädchen Waisen wurden. Ihre Eltern kamen bei einem Schiffsunglück um, hinterließen ihnen jedoch ein beträchtliches Vermögen. Die beiden Schwestern standen sich immer besonders nahe. Sie heirateten nicht und hatten auch keine Kinder. Den größten Teil ihres Geldes verwendeten sie für wohltätige, gemeinnützige Zwecke. In der Hoffnung, die Nordsee würde die sterblichen Überreste ihrer Eltern eines Tages doch wieder hergeben, ließen Elsa und Käthe Engelmann diese großzügige Familiengruft errichten. Außerdem beauftragten sie einen berühmten Steinmetz, zwei Figuren nach ihrem eigenen Abbild anzufertigen. Diese Figuren sollten, wenn Elsa und Käthe Engelmann nicht mehr am Leben waren, die Gebeine ihrer Eltern in der Gruft willkommen heißen.

Der Steinmetz leistete vortreffliche Arbeit und viele Jahre lang standen die beiden Steinfiguren mit den Zügen von Elsa und Käthe zu beiden Seiten der Engelmann'schen Gruft, Ausschau haltend und wartend. Doch ihre Eltern wurden nie gefunden. Schließlich starben die Schwestern, zuerst Elsa und einen Tag später Käthe.«

Onkel Vladi räusperte sich. »Dann, genau vierzig Tage nach dem Tod der Elsa Engelmann, geschah das Unglaubliche: Ihr in Stein gemeißeltes Antlitz war plötzlich wie in tiefer Trauer hinter ihrem Grabtuch verborgen! Am Tag darauf war auch das Haupt der Käthe Engelmann verhüllt! Keiner hat dieses Rätsel jemals aufklären können.«

»Aber du vermutest, es hing mit Innocentia und ihren Eltern zusammen?«, fragte Gregor nach kurzem Überlegen.

»Richtig!«, sagte Onkel Vladi. »In Transsylvanien glauben wir, dass die Seelen der Verstorbenen vierzig Tage im Reich der Schatten verbringen und dann noch einmal an den Ort ihrer letzten Ruhestätte zurückkehren. Als nun Elsa und Käthe Engelmann bei ihrer Rückkehr feststellen mussten, dass Vampire die Gruft in Besitz genommen hatten, waren sie aufs Tiefste entsetzt und erschüttert. Doch reichten ihre Kräfte nicht aus, um Innocentia und ihre Eltern wieder zu vertreiben. Sie konnten nur aus Scham und Schmerz ihre Gesichter verhüllen.«

»Und warum haben sich Innocentia und ihre Eltern ausgerechnet in dieser Gruft niedergelassen?«, fragte Gregor.

»Ich nehme an, zwischen Innocentias Familie und der Familie von Elsa und Käthe Engelmann besteht eine entfernte Verwandtschaft«, antwortete Onkel Vladi. »Und Vampire brauchen stets ein gewisses heimisches Umfeld, um ihre teuflische Existenz aufrechtzuerhalten. Deshalb war diese Gruft der ideale Unterschlupf für Innocentia. Außerdem ist das unterirdische Gewölbe wie geschaffen für Vampire.«

»Das unterirdische Gewölbe?« Gregor sah sich um. »Und wie kommt man dahin?«

Onkel Vladi richtete den Lichtkegel seiner Taschenlampe auf einen steinernen Altar am Ende der Gruft. »Hinter dem Altar, den Elsa und Käthe zum Gedächtnis an ihre Eltern errichtet haben, befindet sich eine Treppe. Sie führt in das unterirdische Gewölbe.«

»*Müssen* wir da runtergehen?«, murmelte Gregor, obwohl er die Antwort natürlich kannte.

»Ja!«, bestätigte Onkel Vladi. »Aber vorher haben wir

noch etwas Wichtiges zu erledigen. Würdest du so freundlich sein und mir mit der Taschenlampe leuchten?«

Gregor nickte und Onkel Vladi gab ihm die Taschenlampe. Dann bedeckte Onkel Vladi den Altar mit einem schwarzen Tuch, das er aus seiner Ledertasche holte und das mit den Buchstaben »AR« bestickt war. Auf das schwarze Tuch legte er einen Kranz, der aussah, als wäre er aus menschlichem Haar geflochten, sowie eine kleine Glocke und eine kurze dicke Kerze.

Mit einem Streichholz zündete Onkel Vladi die Kerze an.

»Nun kannst du die Taschenlampe ausschalten«, sagte er.

Gregor gehorchte. In dem flackernden Licht der Kerze war die Engelmann'sche Gruft plötzlich von gespenstischen Schatten erfüllt. Ein Zittern überlief ihn. Onkel Vladi ergriff die Glocke und läutete zweimal. Ihr Ton war sehr hell, fast singend.

»Die Glocke besteht aus Electrum magicum«, erzählte er flüsternd. »Anselm Rabenau hat sie in derselben Nacht geschmiedet wie die Trauringe.«

»Vertreibt sie auch böse Geister?«

»Ja. Aber die Glocke vermag noch viel mehr: Sie kann gute Geister herbeirufen!«

Onkel Vladi nahm den Kranz in seine linke Hand.

Andächtig strich er mit den Fingern seiner rechten Hand über das braune Haar und sagte: »Dies ist ein historischer Moment, Gregor! Die Aufgabe, zu der Anselm Rabenau uns, seine Nachkommen, bestimmt hat, steht unmittelbar vor ihrem Abschluss! So rufen wir nun den Geist unseres Ahnherrn an, dessen Haupt einstmals von diesem Haar gekrönt wurde, uns zu geleiten und zu beschützen!«

Er machte eine Pause. Gregor hatte den Eindruck, dass ein schwaches silbernes Licht von dem Haarkranz ausging, den Onkel Vladi in seiner linken Hand hielt.

»Und wir rufen die Geister aller Rabenaus an, die sich in der Vergangenheit unserer großen Aufgabe selbstlos und hingebungsvoll gewidmet haben!«

Mit der rechten Hand ergriff Onkel Vladi die Glocke und läutete ein drittes Mal. »Seid an unserer Seite, wenn wir den schweren Gang antreten! Vereinigt eure Kräfte mit den unsrigen! Helft dem Auserwählten mit der doppelten Pupille die Aufgabe zu vollenden, die ihm anvertraut wurde!«

Als Onkel Vladi gesprochen hatte, herrschte tiefe Stille.

Dann erklangen glockenähnliche Töne wie ein Echo. Kugeln aus leuchtendem Dunst schossen durch die Luft und eine weißliche Wolke erhob sich vom Boden. Sie stieg zur Decke empor und löste sich auf.

Onkel Vladi nickte Gregor zu und lächelte. Offenbar war er mit dem Ergebnis seiner Beschwörung äußerst zufrieden.

Aus seiner Ledertasche holte er eine alte Laterne und zündete den Docht in ihrem Innern an. Er löschte die Kerze auf dem Altar und legte sie zusammen mit dem Haarkranz, der Glocke und dem schwarzen Tuch in die Tasche zurück.

»Du kannst deine Taschenlampe wieder einschalten«, sagte er.

Gregor tat es.

Onkel Vladi holte tief Luft. Dann ging er um den Altar herum zur Treppe. Mit heftig klopfendem Herzen folgte Gregor ihm.

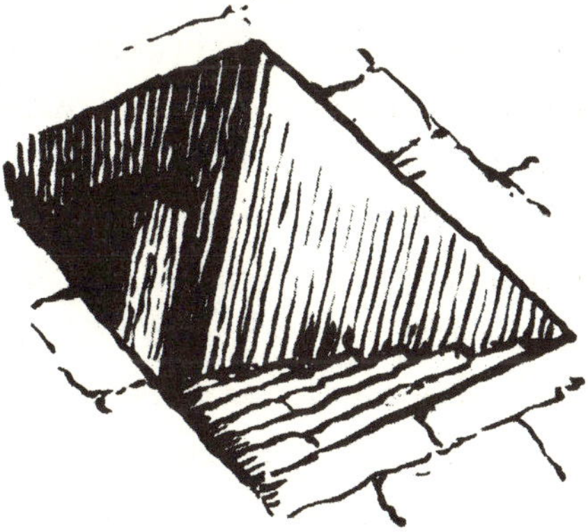

Das Grabgewölbe der Vampire

Auf dem oberen Treppenabsatz blieb Onkel Vladi stehen.

»Du bist der tapferste Junge, der mir je begegnet ist«, erklärte er.

»Findest du?«, sagte Gregor, keineswegs überzeugt.

»O ja! Bei uns in Transsylvanien heißt es: ›Das ist nicht der Tapferste, der sich nie gefürchtet, sondern der die Furcht überwunden hat!‹«

Onkel Vladi nickte ihm noch einmal zu, dann begann er seinen Abstieg ins Kellergewölbe. Langsam ging Gregor hinterher. Die steinernen Stufen waren uneben und rutschig und er musste genau aufpassen, wohin er seine Füße setzte.

Trotz der ermutigenden Worte von Onkel Vladi nahm seine Angst eher zu. Und mit jeder Stufe schien die Luft kälter zu werden, schien sich der Geruch nach Fäulnis und Moder zu verstärken.

Endlich hatte Gregor die unterste Stufe erreicht. Er sah Onkel Vladi vor einer niedrigen Eisentür stehen. Und diese Tür war geschlossen!

Ihn durchzuckte der Gedanke, es würde ihm vielleicht doch erspart bleiben, in das Kellergewölbe zu den Vampiren gehen zu müssen …

Aber dann sagte er sich, dass es nicht zu ihm passe, so etwas zu denken: Immerhin war er unter allen Rabenaus auserwählt worden, um diese Aufgabe zu erfüllen!

Und für Onkel Vladi stellte eine verschlossene Tür kein Hindernis dar. Er steckte einen seiner Andreasschlüssel in das Schloss und schon ging die Eisentür nach innen auf.

Die kalte, abgestandene Grabesluft, die ihnen entgegenschlug, nahm Gregor fast den Atem. Er hielt sich die Hand vor den Mund und hustete. Auch Onkel Vladi hustete mehrmals. Mit seiner Taschenlampe leuchtete Gregor in das Dunkel hinein. Fünf große Holzsärge wurden sichtbar. Ihn überlief ein eisiger Schauder: Es war dasselbe Grabgewölbe, das er am Montag, als er draußen vor der Engelmann'schen Gruft auf Onkel Vladi gewartet hatte, mit Hilfe seines Amuletts gesehen hatte!

Am Montag hatte er sie allerdings nur schemenhaft wahrgenommen, wie in einem schlecht ausgeleuchteten

Film. Aber jetzt standen die Särge sehr real und fast zum Anfassen nahe vor ihm …

Onkel Vladi nahm aus seiner Ledertasche das Leinensäckchen und begann Sägespäne auf die Türschwelle zu streuen, von einer Wand zur anderen. Anschließend streute er Wacholdernadeln auf die Schwelle und legte drei Knoblauchzehen dazu.

»Nun können wir eintreten«, sagte er flüsternd zu Gregor. »Aber sei vorsichtig, dass du die Schwelle nicht berührst!«

Er machte einen großen Schritt über die Türschwelle.

Gregor folgte seinem Beispiel.

Kaum stand er im Grabgewölbe, vernahm er ein entferntes, gleichmäßiges Klopfen.

»Hörst du es auch?«, fragte er.

»Was soll ich hören?«, antwortete Onkel Vladi.

»Das Klopfen!«

»Wahrscheinlich ist es dein eigener Herzschlag«, meinte Onkel Vladi.

Gregor hielt die rechte Hand über sein Herz. »Nein! Mein Herz schlägt viel schneller!«

»Du hörst ein langsames Klopfen?«

»Ja. Ganz langsam!«

»Dann muss es Innocentias Herzschlag sein«, sagte Onkel Vladi nach kurzem Nachdenken.

»Innocentias Herzschlag?«, wiederholte Gregor erschrocken.

»Ja! Rufina schreibt in ihrem Notizbuch: ›Ein Mensch, der in einer besonderen Beziehung zu einem Vampir steht, kann den Herzschlag des Vampirs vernehmen, wenn er sich seinem Sarg nähert.‹«

»Aber ich steh doch in gar keiner Beziehung zu Innocentia…«, murmelte Gregor.

»O doch«, widersprach Onkel Vladi. »Dass du ihren Herzschlag hören kannst, beweist es!«

Beklommen ließ Gregor seinen Blick über die Särge gleiten. »Und in welchem Sarg, glaubst du, liegt Innocentia?«

»Das müssen wir so schnell wie möglich herausfinden«, antwortete Onkel Vladi.

Er trat an die beiden Särge, die etwas abseits an der linken Wand standen. »Diese Särge waren leer, als ich das letzte Mal hier war«, sagte er. »Ihre Deckel konnte ich ohne Schwierigkeiten öffnen.«

Er stellte seine Ledertasche auf den Boden und mit einiger Anstrengung gelang es ihm, die Sargdeckel zur Seite zu schieben.

»Staub, nichts als Staub!«, verkündete er, nachdem er hineingeleuchtet hatte. Er ging zu den verbliebenen drei Särgen, die sich äußerlich durch nichts von den beiden leeren Särgen unterschieden.

»Kommst du?«, fragte er Gregor, der in einiger Entfernung stehen geblieben war.

Gregor rührte sich nicht. »Hast du nicht gesagt, dass Vampire ihre Särge tagsüber verlassen können?«

»Das stimmt«, bestätigte Onkel Vladi. »Doch ihr Blutkreislauf ist am Tage äußerst schwach. Nach dem Aufwachen benötigen sie mindestens dreißig Minuten, ehe sie in der Lage sind, ihren Sarg zu verlassen. Und sie wachen aus ihrem todesähnlichen Schlaf auch nur auf, wenn sich jemand an ihrem Sarg zu schaffen macht und sie unmittelbar bedroht sind, schreibt Rufina.«

»Wenn Rufina das schreibt ...«, sagte Gregor und trat zu Onkel Vladi an den ersten Sarg.

Er ließ den Lichtkegel seiner Taschenlampe über das massiv wirkende Holz gleiten – als ihm ein Gefühl von Angst und Bedrückung die Kehle zuschnürte.

Erschrocken machte er einen Schritt zurück.

Die Essenz des Bösen

Ist etwas passiert?«, fragte Onkel Vladi.

»Nein.« Gregor räusperte sich. »Mir war nur auf einmal so komisch.«

»Komisch? Was meinst du damit?«

»Es hat sich angefühlt, als würde mich einer am Hals packen.«

»Was du gespürt hast, waren die Schwingungen, die die Vampire aussenden: teuflische Energien, die Essenz des Bösen!«, erklärte Onkel Vladi. »Doch diese Energien können *dir* nichts anhaben. Hier!« Er reichte Gregor einen Transsylvanischen Edelstein. »Nimm noch einen davon.«

Gregor steckte sich den Transsylvanischen Edelstein in den Mund.

»Und hörst du das Klopfen jetzt auch?«, wollte Onkel Vladi wissen.

»Ja. Aber es ist schwächer geworden.«

»Es ist schwächer geworden? Demnach kann dieses nicht der Sarg von Innocentia sein!«

Onkel Vladi stellte seine Tasche auf den Boden und versuchte den Sargdeckel zur Seite zu schieben. Doch der Deckel bewegte sich nicht.

»Am Montag war es genauso«, sagte er. »Und es sind keine Schlösser oder Riegel, mit denen die Vampire ihre Särge verschließen ...«

»Was dann?«

»Sie scheinen eine Art Vakuum herzustellen. Aber jetzt haben wir nicht die Zeit, diese Dinge zu erörtern.«

Onkel Vladi trat an den mittleren Sarg. Gregor folgte ihm. Wieder spürte er ein Gefühl der Angst und der Beklemmung.

»Hörst du an diesem Sarg auch das Klopfen?«, fragte Onkel Vladi.

»Ja. Aber ich glaube nicht, dass es *aus* dem Sarg kommt«, antwortete Gregor.

Onkel Vladi versuchte den Sargdeckel anzuheben. Doch der Deckel ließ sich ebenso wenig bewegen.

»Gehen wir zu dem dritten Sarg!« Beinahe unsanft zog Onkel Vladi Gregor mit sich. »Und was hörst du hier?«, fragte er.

»Ich höre plötzlich gar nichts mehr«, stammelte Gregor.

In seinen Ohren rauschte und dröhnte es und ihm war

schwindlig. Instinktiv legte er seine Hände auf das Amulett. Wärme durchströmte ihn und das Ohrensausen ließ nach.

»Jetzt kann ich das Klopfen wieder hören«, sagte er aufgeregt. »Es ist direkt unter mir!«

»Dann muss dies Innocentias Sarg sein!« Onkel Vladis Stimme bebte.

Doch er machte keinen Versuch, den Sargdeckel abzunehmen.

Stattdessen kündigte er an: »Wir werden zunächst die Särge ihrer Eltern sichern. Aber vorher müssen wir noch Weihrauch verbrennen.«

Gregor sah zu, wie Onkel Vladi vier kupferne Schalen in der Gruft verteilte. In jede Schale stellte er eine Räucherkerze.

»Das Räuchern muss nach den vier Weltgegenden erfolgen: Norden, Osten, Süden und Westen!« Nacheinander zündete er die Weihrauchkerzen an. Der Rauch, der sich ausbreitete, war scharf und beißend und kratzte im Hals. Doch Gregor empfand ihn als wohltuend, weil er den Modergeruch überdeckte.

Nun trat Onkel Vladi an den ersten der Vampirsärge. Er stellte seine Laterne auf den Boden und holte zwei große weiße Tücher aus seiner Ledertasche. Das eine Tuch deckte er über den ersten Sarg, das andere über den mittleren. Dann nahm er einen Hammer und mehrere lange Nägel aus seiner Ledertasche.

»Ich werde die Leintücher jetzt auf den Särgen festnageln«, sagte er. »Du solltest dich darauf einstellen, einige sehr beunruhigende Geräusche zu hören. Doch wie

Grauen erregend sie auch immer sein mögen: Denk daran, dass die Vampire mindestens dreißig Minuten lang ihre Särge nicht verlassen können! – Kann ich beginnen?« Onkel Vladi atmete schwer.

Gregor nickte. »Ja.«

Als Onkel Vladi den ersten Nagel einschlug, ertönte ein durchdringender, lang gezogener Schrei. Er stammte von einer männlichen Stimme. Beim zweiten Hammerschlag fiel im Nachbarsarg eine weibliche Stimme jammernd und wehklagend ein. Mit jedem Hammerschlag wurde das Geheul lauter.

Gregor zitterten die Beine, obwohl er seine linke Hand auf das Amulett gepresst hielt. Auch Onkel Vladi schien den entsetzlichen Lärm kaum ertragen zu können. Er sah aschfahl aus und Schweiß stand ihm auf der Stirn. Doch mit finsterer Entschlossenheit trat er jetzt an den mittleren Sarg.

Auf einmal begann Johann Engelmann einen Schwall heiserer Worte auszustoßen, die Gregor nicht verstehen konnte. In großer Eile fuhr Onkel Vladi fort, die Nägel einzuschlagen. Nun fing auch Leonore Engelmann an für Gregor unverständliche Worte zu sprechen. Was sie sagte, hatte einen beschwörenden, um Gnade flehenden Ton.

Unbeeindruckt schlug Onkel Vladi den letzten Nagel bis zum Kopf in das Holz. Anschließend streute er unter Wimmern und Stöhnen der Vampire seine Sägespäne diagonal auf die Tücher: von der linken oberen Ecke des Sargs zur unteren rechten und von der rechten oberen Ecke zur unteren linken. Dort, wo sich die beiden Linien trafen, bildeten sie ein Kreuz – ein Andreaskreuz!

Über das Andreaskreuz auf Johann Engelmanns Sarg legte Onkel Vladi den Haarkranz von Anselm Rabenau sowie ein schmales, in Leder eingebundenes Buch, mit dem er sehr behutsam umging.

Johann Engelmann stieß ein ohrenbetäubendes Gebrüll aus.

Onkel Vladi schwankte und für einen Moment musste er sich an Johann Engelmanns Sarg festhalten, um sein Gleichgewicht wiederzugewinnen.

Mit fahrigen Bewegungen zog er ein Stofftuch aus seiner Manteltasche und trocknete sich die Stirn.

Aber nun richtete er sich wieder auf und stellte über das Andreaskreuz auf Leonore Engelmanns Sarg ein seltsames Gebilde aus Draht, das mit Glasperlen, Schleifen und Bändern geschmückt war.

Leonore Engelmann begann in den höchsten Tönen zu kreischen.

Gregor sträubten sich die Haare. Onkel Vladi nahm ein mit rotem Samt bezogenes Buch aus seiner Ledertasche und legte es neben das Drahtgebilde.

Danach herrschte Stille. Diese plötzliche Stille nach dem höllischen Lärm war fast genauso gruselig, fand Gregor.

»Jetzt sind wir vor Innocentias Eltern erst einmal sicher«, sagte Onkel Vladi. »Die Chronik unseres Ahnherrn Anselm Rabenau, sein Haarkranz, Rufinas Notizbuch und Elsbeths Totenkrone… Für Johann und Leonore Engelmann stellen sie kaum zu bewegende Gewichte dar.«

»Und warum hast du nichts auf Innocentias Sarg gelegt?«, fragte Gregor.

»Weil wir uns mit Innocentia direkt auseinander setzen müssen«, antwortete Onkel Vladi. »Sie hat das Unheil über die Menschen gebracht. Und wenn wir die Welt vom Fluch dieser Vampire befreien wollen, gibt es nur einen Weg: das Unheil an seiner Wurzel auszurotten, mit Stumpf und Stiel!«

Innocentia Engelmann

In diesem Augenblick ertönte hinter ihnen ein Knall, der wie das Öffnen einer Sektflasche klang, nur viel lauter. Dann fiel ein Sargdeckel polternd zu Boden.

Gregor fuhr herum. Er richtete den Lichtkegel seiner Taschenlampe auf Innocentias Sarg und sah eine Gestalt in einem weißen Kleid, die langsam daraus hervorschwebte. Mit einem triumphierenden Lachen landete sie neben dem Fußende des Sargs.

Es war Innocentia! Wie in Anselm Rabenaus Porträt hatte sie dichtes schwarzes Haar, das in der Mitte gescheitelt war und offen bis auf den mit Perlen bestickten Gürtel ihres altmodischen Seidenkleides fiel. Ihre Haut war ungewöhnlich blass, fast durchscheinend, und sie hatte sehr blasse Lippen. Das Auffallendste aber waren ihre großen grünen Augen, die von innen heraus zu glühen schienen.

Von Angesicht zu Angesicht kam sie Gregor sogar noch schöner vor. Und doch ging etwas Dämonisches von ihr aus, das ihn verwirrte und ängstigte. Er fühlte sich gleichzeitig zu ihr hingezogen und von ihr abgestoßen.

Gregor dachte daran, was Onkel Vladi ihm über die saligen Fräulein erzählt hatte: Nur Burschen, die noch keine Liebschaften hätten, könnten gefahrlos mit ihnen tanzen …

»Onkel Vladi?« Er drehte sich um.

Voller Entsetzen musste er feststellen, dass Onkel Vladi seinen Platz verlassen hatte. In steifer, verkrampfter Haltung stand er vor der Eisentür und hielt seinen Marmaroscher Diamanten wie einen Schutzschild in die Höhe. Aber die Abwehrkräfte des Marmaroscher Diamanten schienen keinerlei Wirkung auf Innocentia zu haben, denn ein Ausdruck völliger Hilflosigkeit lag auf seinem Gesicht.

Jetzt bewegte Onkel Vladi den Mund. Es kam aber kein Laut über seine Lippen.

»Er kann nicht sprechen«, hörte Gregor da Innocentias Stimme. »Er kann nicht sprechen, weil er den Mund zu voll genommen hat. Und er kann sich nicht rühren, weil er schon viel zu weit gegangen ist!«

Sie machte einen Schritt auf ihn zu.

»Und du bist also Gregor …«, sagte sie.

Eigentlich hätte er panische Angst haben müssen. Doch er empfand überhaupt nichts – als wäre in seinem Gehirn eine Notabschaltung vorgenommen worden.

Er musterte sie im Schein seiner Taschenlampe. Sie war größer als er und sehr schlank. Der grausame Zug um ihren Mund ließ sie deutlich älter als sechzehn wirken.

»Würdest du mir einen Gefallen tun?« Sie lächelte kokett.

»Und welchen?«, fragte er.

»Mir nicht mit der Taschenlampe ins Gesicht zu leuchten. Ich habe sehr empfindliche Augen. Und der Weihrauch ist schlimm genug für mich.«

Gregor senkte den Lichtkegel der Taschenlampe.

»Danke! Das ist *sehr* lieb von dir.« Sie seufzte. »Es freut mich, dass du meiner Einladung gefolgt bist!«, sagte sie gleich darauf mit einschmeichelnder Stimme.

»Welcher Einladung?«, erwiderte er voller Unbehagen.

»Hast du nicht das KOMM! gelesen, das ich auf dein Fenster geschrieben habe?«

»Ach so … Ja, das habe ich gelesen.«

»Es hat mich einige Anstrengung gekostet«, erklärte sie. »Wie du dir vorstellen kannst, ist Spiegelschrift nicht unbedingt meine Spezialität.«

Sie kicherte.

»Ich hatte mir allerdings vorgestellt, dass du etwas mehr Takt und Feingefühl beweisen würdest«, sagte sie dann.

»Takt und Feingefühl?«, wiederholte Gregor.

»Ja! Zu einem Stelldichein sollte man nicht ausgerechnet dann erscheinen, wenn die Angebetete ihren Schönheitsschlaf hält. Und vor allem sollte man keinen Knoblauch essen!«

Gregor merkte, dass er rot wurde.

»Aber keine Sorge« – sie stieß ein raues, kehliges Lachen aus – »mir kann Knoblauch nichts mehr anhaben.«

Er bekam eine Gänsehaut.

»Du siehst übrigens noch *viel* besser aus, als ich dachte«, sagte Innocentia nun und blickte ihn durchdringend an.

»So?«, murmelte er verlegen.

»Ja! Weißt du auch, dass ich schüchterne, zurückhaltende Jungen besonders gern mag?«

»N… nein.«

»Doch!«

Sie machte einen weiteren Schritt auf ihn zu…

Gregor legte seine rechte Hand auf das Amulett in der Erwartung, dass es zu blinken anfangen und Innocentia sich stöhnend zurückziehen würde. Doch sie forderte Gregor noch nicht einmal auf, die Kette mit dem Amulett abzunehmen.

Stattdessen lächelte sie und meinte: »Das Amulett steht dir gut!«

»Es gefällt dir?«, sagte Gregor schockiert.

»Ja, warum nicht«, antwortete sie. »Die Zeiten, in denen ich mich vor Amuletten in Acht nehmen musste, sind längst vorbei!«

Gregor überlief es kalt. Wenn auch das Amulett nicht mehr wirkte – wer oder was konnte ihm dann überhaupt noch helfen…?

»Du selbst!«, vernahm er Onkel Vladis Stimme.

Er sah zu Onkel Vladi hinüber. Aber der stand noch in derselben steifen Haltung vor der Tür. Es war offensichtlich, dass er nach wie vor nicht sprechen konnte. Demnach musste er Onkel Vladis Stimme in seinen Gedanken gehört haben!

»Hat Vladi dir beigebracht, wie man sich per Gedankenübertragung verständigt?« Innocentia lachte spöttisch.

»Nein!«, erwiderte er.

»Und das soll ich glauben?«, sagte sie.

Gregor spürte einen bohrenden Druck auf seiner Stirn.

Sofort wusste er, was es war: Innocentia versuchte in seine Gedanken einzudringen. Er atmete tief durch und dann stellte er sich eine Glasscheibe vor, die ihn von Innocentia trennte und die es ihr unmöglich machte, seine Gedanken zu lesen.

Der Druck auf Gregors Stirn ließ nach.

Innocentias Augen funkelten zornig und in drohendem Ton erklärte sie: »Ich kann sehr unangenehm werden, wenn man mich überlisten will!«

»Das würde ich nie versuchen«, antwortete er hastig.

»Es würde auch böse für dich ausgehen!«, sagte sie.

Gregor presste die Lippen zusammen.

»Aber du und ich, wir wollen ja Freunde werden, nicht wahr?« Innocentia lächelte süßlich.

»Ja«, stimmte er matt zu.

»Möchtest du, dass wir *richtige* Freunde werden?«

»Wie meinst du das?«

»Richtige Freunde haben niemals Geheimnisse voreinander. Und du hast doch keine Geheimnisse vor mir, oder?«

Er räusperte sich. »Nein.«

»Und richtige Freunde teilen alles miteinander.« Sie machte noch einen Schritt auf ihn zu und öffnete ihren Mund.

Gregor hielt den Lichtkegel ein wenig höher und da erblickte er ihre Vampirzähne, die makellos weiß und nadelspitz waren. Er wich zurück – und stieß gegen den Sarg von Johann Engelmann.

Rose meines Herzens

Verzweifelt sah Gregor sich um. Sein Blick fiel auf die Chronik des Anselm Rabenau. Plötzlich spürte er, wie es in seinem Herzfinger unter dem Ring aus Electrum magicum zu kribbeln anfing. Das Kribbeln stieg in seinen Arm hoch und dann schlug sein Herz ganz schnell.

Da wusste er, was er zu tun hatte!

»Ich habe ein Geschenk für dich«, erklärte er.

»Du hast *noch* ein Geschenk?«, sagte Innocentia amüsiert, den Blick auf Gregors Hals geheftet.

»Es ist ein Ring!« Gregor streckte ihr seine linke Hand entgegen. »Er wurde für dich angefertigt!«

»Für mich?«

»Ja. Denn ohne Anfang und ohne Ende wie dieser Ring soll unsere Liebe sein!«

Während Gregor das sagte, hatte er den Eindruck, eine fremde Stimme würde aus ihm sprechen, die viel tiefer und voller als seine eigene war: eine Männerstimme!

»Und wie in diesem Ring die Metalle eine unauflösbare Verbindung eingegangen sind, so werden auch wir für alle Ewigkeit vereinigt sein, o Rose meines Herzens!«

Nachdem Gregor gesprochen hatte, bebte er am ganzen Körper.

»Rose meines Herzens ... so lang ist das her ...«, flüsterte Innocentia. »Und doch ... wie sehr habe ich diesen Augenblick herbeigesehnt!« Mit einem zärtlichen Lächeln bat sie: »Gib mir den Ring, Anselm.«

Als sie »Anselm« sagte, traf es Gregor wie ein Stromschlag. Mit zitternden Fingern legte er die Taschenlampe auf Johann Engelmanns Sarg und nahm den Ring vom Finger. Doch er war so aufgewühlt, dass ihm der Ring aus der Hand fiel und über den Steinfußboden rollte.

Hastig bückte er sich.

Innocentia kam ihm zuvor. Sie hob Anselm Rabenaus Ring auf, und ohne zu zögern, steckte sie ihn an ihren Herzfinger. Ein seltsames, fast überirdisches Leuchten breitete sich auf ihrem Gesicht aus.

Sprachlos sah Gregor zu, wie sich Innocentias Gesichtszüge veränderten: Die harten, unbarmherzigen Linien um ihren Mund lösten sich auf und der kalte, spöttische Glanz verschwand aus ihren Augen. Sie wirkte auf einmal weich und verletzbar.

»Nun kann uns nichts mehr trennen, Anselm …«, flüsterte sie.

Tränen stürzten aus ihren Augen.

Sie wandte sich ab, und von heftigem Schluchzen geschüttelt, ging sie zu ihrem Sarg. Es sah aus, als würde sie mit jedem Schritt schwächer werden.

»Schnell!«, hörte Gregor die Stimme von Onkel Vladi. »Wir müssen ihr helfen! Sie wird es möglicherweise nicht mehr aus eigener Kraft schaffen.«

Schon stand Onkel Vladi neben Innocentia. Er hob sie auf den Arm und legte sie in ihren Sarg.

Gregor wollte Onkel Vladi zu Hilfe kommen, aber da stimmten Johann und Leonore Engelmann ein schauerliches Geheul an. Wie gebannt blieb er stehen. Schließlich ebbte das Heulen ab und ging in ein Wehklagen über. Dann hörte es auf.

In der Stille, die folgte, vernahm Gregor einen Schmerzensschrei, der aus Innocentias Sarg kam.

Onkel Vladi winkte ihm.

Gregor ergriff seine Taschenlampe und langsam näherte er sich Innocentias Sarg.

Was er dort erblickte, ließ das Blut in seinen Adern stocken. Das Wesen im Sarg besaß keinerlei Ähnlichkeit mehr mit der schönen, stolzen Innocentia, die noch eben vor ihm gestanden hatte. Es war eine winzige gekrümmte Gestalt mit einem faltigen, lederartigen Gesicht und einem fast haarlosen Schädel.

»Ist Innocentia jetzt … erlöst?«, stammelte er.

»Nein. Ihr Leiden ist noch nicht vorüber.«

Onkel Vladi ging zu Johann Engelmanns Sarg.

Bestimmt wollte er seine Ledertasche holen! Gregor graute bei dem Gedanken, dass Onkel Vladi gleich einen Holzpflock durch Innocentias Herz treiben würde.

Auch wenn sie ein Vampir war und schreckliche Dinge getan hatte … mit anzusehen, wie sie gepfählt wurde, war mehr, als er ertragen konnte!

Gregor hörte Onkel Vladi zurückkommen. Er wandte sich ab und zitternd wartete er auf das Geräusch der Hammerschläge …

Doch es breitete sich nur ein intensiver Rosenduft aus.

Dann sagte Onkel Vladi feierlich: »›Wenn ich mit Menschen- und mit Engelszungen redete und hätte der Liebe nicht, so wäre ich ein tönend Erz oder eine klingende Schelle …‹«

Gregor drehte sich um. Er sah Onkel Vladi neben Innocentias Sarg stehen und aus der Chronik des Anselm Rabenau vorlesen:

»›Und wenn ich weissagen könnte und wüsste alle Geheimnisse und alle Erkenntnis und hätte allen Glauben, also dass ich Berge versetzte, und hätte der Liebe nicht: So wäre ich nichts. Die Liebe höret nimmer auf, so doch die Weissagungen aufhören und die Sprachen aufhören werden und die Erkenntnis aufhören wird. Denn unser Wissen ist Stückwerk und unser Weissagen ist Stückwerk. Nun aber bleiben Glaube, Hoffnung, Liebe, diese drei; aber die Liebe ist die Größte unter ihnen.‹«

»Das Sonnenlicht … ich sehe das Sonnenlicht …«, flüsterte Innocentia. »O Anselm, ich …«

Ihre Stimme versagte und sie stieß einen langen, tiefen Seufzer aus.

Onkel Vladi schloss die Chronik.

Da ertönte ein ohrenbetäubendes Krachen und Poltern. Gregor taumelte zur Tür. Er spürte, wie sein Amulett immer heißer wurde. Dann stieß beißender Qualm aus den winzigen Öffnungen. Er riss sich die Kette vom Hals und warf sie auf den Boden.

Plötzlich war Onkel Vladi bei ihm.

»Es ist vorbei«, sagte er. »Innocentia hat ihren Frieden gefunden!«

»Was war ... dieser furchtbare Krach?«, stotterte Gregor.

»Es hat gedonnert. Jetzt wissen wir, dass sich für Innocentia die Pforten des Himmels geöffnet haben!«

»Ist sie dann ... nicht mehr hier?«

»Du kannst einen Blick in ihren Sarg werfen, wenn du möchtest.«

»Ich weiß nicht ...« Gregor war völlig durcheinander.

Onkel Vladi nahm die Kette mit dem Marmaroscher Diamanten ab und reichte sie Gregor. »Das Amulett hat seinen Zweck erfüllt und kann dir nicht mehr von Nutzen sein. Von nun an sollst du den Marmaroscher Diamanten tragen. Hier, schau nur!«

Staunend sah Gregor, dass Innocentias Züge in dem Porträt alles Dämonische verloren hatten. Sie wirkte lieblich, scheu und mädchenhaft.

Er hängte sich die Kette um und trat an Innocentias Sarg. Innerlich hatte er sich darauf eingestellt, eine noch abstoßendere Gestalt zu erblicken. Doch im Schein seiner Taschenlampe entdeckte er nur ein Häuflein Asche – und Anselm Rabenaus Ring.

Auf einmal war ihm entsetzlich übel.

Onkel Vladi legte seinen Arm um Gregors Schultern. »Es wird Zeit, dass du diesen düsteren Ort verlässt!«, sagte er.

»Aber wir sind doch noch gar nicht fertig …«, murmelte Gregor, wobei er auf die Särge von Johann und Leonore Engelmann blickte.

»Der schwierigste und gefährlichste Teil unserer Aufgabe ist vollbracht – von dir ganz allein!«, antwortete Onkel Vladi. »Mit beispiellosem Mut hast du den Auftrag unseres Ahnherrn erfüllt und Innocentias gequälte Seele befreit. Was jetzt noch zu tun bleibt, ist einfach, verglichen mit dem, was du geleistet hast. Ich werde dich hinausbegleiten und du wirst in der warmen Sonne auf mich warten. Komm!«

Dankbar folgte Gregor ihm.

Stärker als die Mächte der Finsternis

Vor der Gruft atmete Gregor die Frühlingsluft in tiefen Zügen ein. Nach seinen Erlebnissen im Grabgewölbe der Vampire fand er, dass es hier draußen unbeschreiblich gut roch. Und obwohl seine Beine schwer wie Blei waren und er sich auf die Bank setzen musste, hatte er sich noch nie so lebendig gefühlt. Auch die Sonne schien wieder und er hörte das Zwitschern der Vögel.

»Kann ich dich jetzt für kurze Zeit allein lassen?«, fragte Onkel Vladi.

»Ja. Mir geht es gut«, antwortete Gregor.

Onkel Vladi musterte ihn prüfend, bevor er in der Engelmann'schen Gruft verschwand.

Gregor sah sich um. Es kam ihm vor, als wäre er eine sehr lange Zeit fort gewesen …

Auf einmal blieb ihm fast das Herz stehen: Die beiden Steinfiguren hatten ihre Grabtücher zurückgeschlagen! Gregor konnte ihre Gesichter erkennen. Es waren zwei ältere Frauen, die erwartungsvoll in die Ferne blickten. Sie hatten die gleiche gebogene Nase, das gleiche etwas vorstehende Kinn. Das mussten Elsa und Käthe Engelmann sein!

Ihm schwirrte der Kopf und in seinen Ohren dröhnte es. Er schloss für einen Moment die Augen, um seine Gedanken zu sammeln …

Plötzlich hörte er die Stimme von Onkel Vladi: »Gregor?«

Er schreckte hoch und blinzelte.

Mit seiner Ledertasche in der Hand stand Onkel Vladi vor ihm. Aber auch Onkel Vladi hatte sich verändert …

»Was ist mit deinen Haaren?«, fragte Gregor betroffen.

»Mit meinen Haaren?«

»Ja. Sie sind schlohweiß!«

»Tatsächlich?« Onkel Vladi schwankte leicht.

»Willst du dich nicht hinsetzen?«, fragte Gregor.

»Später. Als Erstes müssen wir Robert wecken«, antwortete Onkel Vladi.

Gregor stand auf.

»Die Steinfiguren!«, fiel ihm ein. Er zeigte zum Eingang der Gruft. »Sie haben ihre Grabtücher zurückgeschlagen!«

»Ich habe es bemerkt«, sagte Onkel Vladi mit einem schwachen Lächeln. »Für Elsa und Käthe Engelmann besteht nun kein Grund mehr, ihre Häupter zu verhüllen.«

»Aber wie ... wie haben sie das gemacht?«

»Auch ich kann dir nicht alles Seltsame und Wunderbare erklären«, erwiderte Onkel Vladi.

Auf dem Weg zur Kapelle fragte Gregor mit nur mühsam unterdrückter Neugier: »Ist alles gut gegangen in der Gruft?«

»Was dir abverlangt wurde, war sehr viel schwieriger«, entgegnete Onkel Vladi vieldeutig.

»Musstest du ...« Gregor zögerte, ehe er die Frage stellte, die ihn am meisten beschäftigte. »Musstest du sie ... musstest du ihnen ... einen Holzpflock durchs Herz schlagen?«

»Die Einzelheiten möchte ich dir ersparen, da nun alles glücklich vorüber ist«, sagte Onkel Vladi. »Doch sei versichert: Innocentia und ihre Eltern werden nie wieder einem Menschen Schaden zufügen.«

»Es interessiert mich aber trotzdem«, beharrte Gregor. »Und wenn du es mir nicht erzählst, werde ich bestimmt mein ganzes Leben lang darüber nachdenken!«

»Also gut ...« Onkel Vladi räusperte sich. »Bei Innocentias Eltern musste ich zu diesem schrecklichen Mittel greifen, da sie – im Gegensatz zu Innocentia – nicht durch die Kraft der Liebe gerettet werden konnten.«

Gregor spürte sein Herz bis zum Hals klopfen. »Die Kraft der Liebe ... Meinst du damit den Ring aus Electrum magicum?«

»Ja. Aber Anselms Liebe ist auch in das Amulett eingeflossen, das er mit den Blüten von Innocentias Rosenstrauch und den Beeren und Nadeln ihres Wacholders gefüllt hat, sowie in den Marmaroscher Diamanten, an dem er viele Wochen lang voller Hingabe gearbeitet hat.«

Onkel Vladi wischte sich den Schweiß von der Stirn.

»Auch die Chronik, die unser Ahnherr angelegt hat«, fuhr er fort, »sein Auftrag an uns, seine Nachkommen, Innocentias Seele zu erlösen … all das ist begründet in Anselms tiefer, unzerstörbarer Liebe zu Innocentia. Und eine solche Liebe ist stärker als die Mächte der Finsternis, stärker als die Kräfte des Bösen, ja, stärker als der Tod!«

Sie hatten die Kapelle erreicht.

Onkel Vladi näherte sich der Tür und inspizierte das Schloss.

»Der Sicherheitszylinder ist noch an seinem Platz«, sagte er mit einem zufriedenen Nicken.

Er nahm seinen Schlüsselbund aus der Tasche und entfernte den Zylinder. Dann steckte er den Andreasschlüssel in das Schloss. Knarrend ging die Eingangstür auf. Sie traten ein und Gregor zog die Tür hinter ihnen zu.

In derselben Haltung, in der sie ihn verlassen hatten, saß Robert im Ohrensessel. Seine Augen waren geöffnet, aber sie blickten ins Leere. Auf seinen Turnschuhen lagen noch immer die beiden Rosenblüten.

Onkel Vladi stellte seine Ledertasche auf die Hobelbank.

»Fällt dir an Robert etwas auf?«, fragte er Gregor.

»Ja! Die Bissstellen … sie sind verschwunden!«

»Ebenso wird es mit Roberts Erinnerungen sein, nachdem ich ihn geweckt habe«, erklärte Onkel Vladi.

»Brauchst du dazu den Marmaroscher Diamanten?«

»Nein.«

Onkel Vladi legte die Rosenblüten in seine Ledertasche und rollte den Kragen von Roberts Pullover wieder hoch.

Dann fixierte er Robert mit ernster, gesammelter Miene.

»Robert, hörst du mich?«, fragte er.

»Ja ...«, kam die dumpfe Antwort.

»Ich werde dich nun wecken«, erklärte Onkel Vladi. »Wenn du wach bist, wirst du dich an nichts mehr erinnern, was du in dieser Kapelle gehört und gesehen hast. Du wirst auch nicht mehr wissen, weshalb du heute auf den Friedhof gekommen bist. Du wirst Innocentia Engelmann vergessen und alles, was mit ihr zusammenhängt. Ihr Bild wird für immer aus deinem Gedächtnis getilgt sein. Sobald du wach bist, wirst du dich erheben und nach Hause gehen. Hast du alles verstanden, was ich dir gesagt habe?«

»Ja«, antwortete Robert tonlos.

»Ich werde jetzt rückwärts zählen, beginnend bei zehn«, kündigte Onkel Vladi an. »Wenn ich eins sage, wirst du aufwachen.«

Robert bewegte die Augenlider. Doch er schien nach wie vor nichts um sich herum wahrzunehmen.

»Zehn ...«, fing Onkel Vladi an zu zählen. »Neun ... acht ... sieben ...«

Unruhig rutschte Robert im Sessel hin und her.

»Sechs ... fünf ... vier ...«

Robert stöhnte leise.

»Drei ... zwei ... eins!« Onkel Vladi klatschte in die Hände.

Roberts Oberkörper schnellte nach vorn. Seltsam steif, fast automatenhaft erhob er sich und murmelte: »Ich muss nach Hause gehen. Meine Oma wartet.«

Er reichte Onkel Vladi die Hand.

»Auf Wiedersehn, Herr Rabenau!«, sagte er ungewohnt höflich. »Und vielen Dank, dass Sie mich mit auf Ihren Ausflug genommen haben!«

»Nichts zu danken«, antwortete Onkel Vladi.

Robert wandte sich zum Gehen, doch plötzlich stutzte er.

»Ihre Haare sehen ganz anders aus«, meinte er.

»So?«, sagte Onkel Vladi nur.

»Ja. Aber die Farbe passt zu Ihnen. Richtig gentlemanlike!«

Mit einem anerkennenden Nicken zeigte Robert auf den Marmaroscher Diamanten, den Gregor über dem Pullover trug.

»Ist das deine Freundin?«, fragte er.

»Meine Freundin?« Gregor errötete. »Sie ... ähem ... *war* meine Freundin – gewissermaßen ...«

Auf einmal hatte er das Gefühl, den Marmaroscher Diamanten schützen zu müssen. Rasch steckte er ihn in seinen Pullover.

»Du solltest dich beeilen, Robert«, sagte Onkel Vladi. »Deine Großmutter wird schon in Sorge um dich sein.«

»Sie haben Recht.« Robert ging zum Ausgang der Kapelle. »Und nochmals vielen Dank für alles!«

Die Tür fiel hinter ihm zu.

Onkel Vladi ergriff seine Ledertasche. »Für uns ist es auch Zeit zu gehen.« Man konnte seiner Stimme anhören, wie erschöpft er war.

Er machte das Licht aus und sie verließen die Kapelle.

Hast du Fieber?

Onkel Vladi schien am Ende seiner Kräfte zu sein. Er ging gebückt wie ein alter Mann und seine Füße schleiften über den Boden. Mehrmals blieb er stehen und setzte seine Ledertasche ab. Doch als Gregor ihm anbot, die Tasche zu tragen, erwiderte er, Gregor hätte schon genug er-tragen.

Zu Hause angekommen, zog sich Onkel Vladi gleich in sein Zimmer zurück. Gregor ging in die Küche. Er trank ein Glas Mineralwasser und machte sich ein Sandwich. Beim Essen fielen ihm beinahe die Augen zu und so beschloss er, sich ebenfalls eine Weile auszuruhen.

In seinem Zimmer sah er, dass Innocentias KOMM! von der Fensterscheibe verschwunden war. Jemand musste es abgewischt haben! Aber wer konnte das gewesen sein?

Er öffnete das Fenster. Auch die Mohn- und Hirsekörner lagen nicht mehr auf dem Fenstersims! Doch Gregor entdeckte nicht den geringsten Hinweis darauf, wer der geheimnisvolle Jemand gewesen sein mochte, der das Fenster geputzt und die Körner entfernt hatte.

Er schloss das Fenster wieder. Dann streifte er die Turnschuhe ab und legte sich auf sein Bett.

Die Stimme seiner Mutter weckte ihn: »Gregor?«

»Ja?« Widerstrebend öffnete er die Augen.

»Hast du Fieber?« Sie setzte sich auf die Bettkante und legte ihre Hand auf seine Stirn. »Nein. Deine Temperatur ist normal«, sagte sie. »Umso merkwürdiger, dass du dermaßen lange geschlafen hast!«

Gregor blickte auf den Wecker neben seinem Bett: Es war kurz nach drei. Er stutzte. Kurz nach drei?, dachte er. Aber das wäre ja mitten in der Nacht! Und wieso war es dann schon hell?

»Es ist drei Uhr nachmittags«, erklärte seine Mutter.

»Drei Uhr nachmittags?« Erschrocken setzte er sich im Bett auf.

»Ja! Der halbe Tag ist bereits herum. Und ich hatte mir vorgestellt, dass wir heute in den Zoo fahren würden … Aber Onkel Vladi schläft auch noch.«

»Onkel Vladi schläft noch?«

»Ja. Was hat euch denn gestern dermaßen angestrengt? Du hast es noch nicht einmal geschafft, dir deinen Pyjama anzuziehen!«

Er räusperte sich. »Wir waren auf dem Friedhof. Mit Robert«, fügte er hinzu. Seine Mutter sollte ihm nicht vorwerfen, er würde nichts erzählen!

»Das weiß ich«, sagte sie.

»Das weißt du?«

»Ja. Robert hat schon zweimal angerufen. Zuerst wollte er sich bei Onkel Vladi bedanken, weil er gestern auf eurem Ausflug dabei sein durfte. Aber als ich mich nach dem Ausflug erkundigte, konnte er sich merkwürdigerweise an überhaupt keine Einzelheiten erinnern.«

Gregor biss sich auf die Lippen. »Und was wollte er beim zweiten Mal?«

»Dich fragen, ob du morgen mit ihm ins Kino gehen möchtest. Er will dich sogar einladen.«

»Natürlich möchte ich!«, sagte Gregor erfreut.

»Aber wart ihr nicht erst gestern mit Onkel Vladi im Kino?«

»Äh … nein«, antwortete Gregor nach kurzem Zögern. »Der Ausflug hatte sich doch in die Länge gezogen.«

»Kannst *du* dich wenigstens an ein paar Einzelheiten erinnern?«

»Sicher.«

»Ja, und?«, drängte sie.

»Wir haben uns die Engelmann'sche Gruft angesehen.«

Gregor hatte sich überlegt, dass es am einfachsten wäre, bei der Wahrheit zu bleiben.

»Ihr habt euch die Engelmann'sche Gruft angesehen?«, wiederholte seine Mutter befremdet. »Aber nur von außen, oder?«

»Nein …«

»Ist die Engelmann'sche Gruft denn nicht abgeschlossen?«

»Ja, schon ...«

»Und wie seid ihr hineingekommen?«

»Mit Onkel Vladis Andreasschlüssel.«

»Onkel Vladi hat einen Schlüssel zur Gruft?«

»Seine Schlüssel passen zu fast allen Türen.«

»Also, das finde ich jetzt doch sehr eigenartig von Onkel Vladi!« Sie hatte rote Flecken im Gesicht bekommen. »Das hätte er auf jeden Fall vorher mit mir absprechen müssen!« Nach einer Pause fragte sie: »Und was gab es Interessantes in der Engelmann'schen Gruft zu sehen?«

»Nicht viel. Zwei riesige Steinsärge, einen Altar, eine Treppe zum Kellergewölbe, ein paar uralte Holzsärge ...«

»Das war alles?«

Er nickte.

»Und das hat euch derart ermüdet?«

»Na ja ...«, sagte er. »Die Luft in dem Kellergewölbe war ziemlich verbraucht. Und dann hat Onkel Vladi mir auch noch die Geschichte der Engelmann'schen Gruft erzählt.«

»Die Geschichte der Engelmann'schen Gruft?«, wiederholte sie. »Und was ist das Besondere daran?«

Gregor verkniff sich ein Grinsen. »Das musst du Onkel Vladi selbst fragen! An *die* Einzelheiten kann ich mich nicht mehr erinnern.«

»Ich hoffe, Onkel Vladi hat dich nicht mit seiner übertriebenen Begeisterung für Friedhöfe und alte Gruften angesteckt!«, meinte sie.

»Ganz bestimmt nicht!«, versicherte Gregor. »Außerdem glaube ich, dass Onkel Vladi in Zukunft auch nicht mehr so oft auf den Friedhof gehen wird.«

»Und was bringt dich zu dieser Ansicht?«

»Onkel Vladi wollte unbedingt die Engelmann'sche Gruft sehen. Ja, und nun hat er sie gesehen …«

Sie lachte etwas gezwungen. »Dann können wir morgen vielleicht doch mit Onkel Vladi in den Zoo fahren?«

»Nein!«, erwiderte Gregor.

»Nein?«, fragte sie überrascht.

»Morgen gehe ich ins Kino«, sagte er. »Mit Robert!«

»Na schön.« Sie stand auf. »Du bist bestimmt hungrig?«

»Ich habe einen Bärenhunger.«

»Es warten schon gefüllte Paprika auf dich. Ich habe sie nach einem original transsylvanischen Rezept zubereitet.«

»Aber nur, wenn sie ohne Knoblauch sind«, erklärte Gregor.

»Ohne Knoblauch?« Seine Mutter lachte laut auf. »Und das sagst ausgerechnet du?«

»Warum nicht?«

»So, wie du nach Knoblauch riechst! Du musst den Knoblauch gestern löffelweise zu dir genommen haben.«

Gregor wurde rot. »Ich habe nur zwei Transsylvanische Edelsteine von Onkel Vladi gegessen. Und den Knoblauchpudding«, ergänzte er. »Aber den hast du doch auch gegessen, oder?«

»Nein. Mir war der Knoblauchgeruch zu kräftig. Ich habe schließlich einen Beruf mit Publikumsverkehr.« Sie ging zur Tür. »Und bevor du zum Essen kommst, zieh dir bitte frische Sachen an. Und putz dir die Zähne, aber gründlich!«

»Ja«, brummte er.

Nachdem seine Mutter das Zimmer verlassen hatte, stand Gregor auf. Er streifte sich den Pullover über den Kopf und dabei fiel sein Blick auf den Marmaroscher Diamanten. Er nahm die Kette ab und betrachtete Innocentias Porträt.

Sein Herz schlug schneller, als er ihr scheues Lächeln sah, ihre mädchenhaft weichen, unschuldigen Züge.

Schaudernd dachte er an das dämonische Vampirmädchen mit den scharfen Fangzähnen zurück, an die kleine verschrumpelte Gestalt im Sarg, an das Häuflein Asche …

Aber das waren nur Zerrbilder gewesen, grässliche Entstellungen. Die wahre Innocentia blickte ihm aus diesem Porträt entgegen.

Und so und nicht anders würde Gregor sie in Erinnerung behalten!

Aus heiterem Himmel

Nun gefällst du mir schon viel besser!«, sagte Gregors Mutter, als er eine halbe Stunde später das Wohnzimmer betrat.

Gregor hatte geduscht und sich saubere Jeans und ein weißes T-Shirt angezogen.

Er setzte sich. Seine Mutter hatte den Esstisch für drei gedeckt, aber Onkel Vladi war noch nicht erschienen.

»Glaubst du, Onkel Vladi könnte ernstlich krank sein?«, fragte sie, während sie zwei gefüllte Paprika auf Gregors Teller legte.

Er überlegte, was er antworten sollte. Falls Onkel Vladi

wirklich schlohweiße Haare bekommen hatte, wäre es bestimmt gut, seine Mutter schon jetzt auf diesen Anblick vorzubereiten. Aber möglicherweise hatte er sich das nur eingebildet, weil er gestern so erschöpft gewesen war. Im Übrigen würde seine Mutter sofort nach den Gründen fragen, wenn er ihr von den weißen Haaren erzählte.

In diesem Augenblick hörten sie, wie sich Schritte näherten. Dann ging die Tür auf.

»Onkel Vladi!«, rief Gregors Mutter erschrocken und sprang von ihrem Stuhl hoch.

»Einen wunderschönen guten Tag«, wünschte Onkel Vladi und trat ein. Er trug sein braunes Jackett, das schwarze Hemd und die dunkelgrüne Cordhose. Seine Haare waren in der Tat vollkommen weiß. Ansonsten wirkte er jedoch sehr ausgeruht und dynamisch.

»Gefällt dir mein Haar?«, fragte er mit einer Verbeugung.

»Doch, ja«, antwortete sie verwirrt. »Warst du beim Frisör? Davon hat Gregor gar nichts erzählt.«

»Ich war auch nicht beim Frisör.« Onkel Vladi nahm am Tisch Platz.

»Hm, das duftet aber köstlich!«, meinte er.

»Es … es ist ein transsylvanisches Rezept.« Gregors Mutter bückte sich und hob ihre Serviette vom Boden auf. Sie setzte sich wieder.

»Ich möchte ja nicht indiskret sein«, sagte sie. »Aber ich würde doch gern wissen, wieso du auf einmal ganz weißes Haar hast. Glaubst du, es könnte eine Allergie sein?«

»Nein.« Onkel Vladi schien sehr hungrig zu sein, denn er konnte seinen Blick nicht von den gefüllten Paprika in der Glasschüssel abwenden. »Bei uns in Transsylvanien ist es gar nicht so ungewöhnlich, dass jemand über Nacht ein weises Haupt bekommt, wie wir es nennen.«

»Ein weißes Haupt?« Sie sah ihn irritiert an.

»Nein, ein weises Haupt.« Mit dem Blick auf Gregor fügte er hinzu: »Wahrlich, nur der ist weise, der auch das Dunkel kennt!«

»Du hast bestimmt Hunger.« Gregor schob die Glasschüssel zu ihm hinüber.

»Ja, vielen Dank«, sagte Onkel Vladi.

»Entschuldige meine Unaufmerksamkeit.« Verlegen füllte Gregors Mutter Reis und Gemüse auf Onkel Vladis Teller.

»Ich kann sehr gut verstehen, dass du überrascht bist, Erika«, sagte Onkel Vladi. »Aber es besteht kein Grund zur Beunruhigung, im Gegenteil.«

»Im Gegenteil?«

»Ja. Mein weißes Haar zeigt an, dass sich etwas sehr Großes und Bedeutungsvolles ereignet hat. Ein Kapitel unserer Familiengeschichte wurde gestern abgeschlossen – für immer.«

»Auf dem Friedhof?«, fragte sie ungläubig.

»So ist es«, bestätigte Onkel Vladi.

»Etwa in der Engelmann'schen Gruft?«

»Ja!«

»Ein Kapitel *unserer* Familiengeschichte wurde abgeschlossen – in der Engelmann'schen Gruft?« Gregors Mutter runzelte die Stirn. »Welche Verbindung besteht denn zwischen uns und der Familie Engelmann?«

»Leider kann ich darüber keine Auskunft geben«, antwortete Onkel Vladi. »Aber es wäre auch von keinem speziellen Interesse mehr, da dieses Kapitel, wie bereits erwähnt, gestern für immer abgeschlossen wurde.«

Gregors Mutter presste die Lippen zusammen.

»Findest du das eigentlich in Ordnung, Onkel Vladi?«, sagte sie nach einer Pause. »Gregor ist immerhin noch minderjährig. Ich bin seine Erziehungsberechtigte und seit einem Jahr ganz allein für seine Erziehung verantwortlich. Und ich erwarte …« – sie knetete nervös ihre Finger – »ich erwarte, dass du mich von nun an in alles einweihst, was du mit Gregor unternimmst. Versprichst du mir das?«

»Selbstverständlich verspreche ich das«, antwortete Onkel Vladi. »Nur wird es keine gemeinsamen Unternehmungen mit Gregor mehr geben.«

»Wie darf ich das verstehen?«

»Ja, was bedeutet das?«, rief Gregor.

Onkel Vladi setzte eine betrübte Miene auf. »Gewisse Umstände zwingen mich, unverzüglich abzureisen.«

»Abreisen? Du willst abreisen?« Gregors Stimme überschlug sich.

»Ja. Ich habe in Transsylvanien einige Dinge zu erledigen, die keinen Aufschub dulden, absolut keinen Aufschub.«

»Also, das …« Gregors Mutter schnappte nach Luft. »Ich weiß gar nicht, was ich sagen soll, Onkel Vladi!«

»Ich auch nicht«, pflichtete Gregor ihr bei.

»Es tut mir aufrichtig Leid«, sagte Onkel Vladi. »Aber manchmal gibt es Notwendigkeiten im Leben, denen man sich nicht entziehen kann.«

Ein betroffenes Schweigen trat ein.

»Könntest du nach dem Essen in das Büro deines Vaters kommen?«, fragte Onkel Vladi dann, an Gregor gewandt.

»Und ich dachte, es wäre *dein* Zimmer!«, entgegnete Gregor.

Onkel Vladi schüttelte den Kopf. »Mein Zuhause ist und bleibt Transsylvanien. Aber ich würde mich sehr freuen, wenn du mich in den Sommerferien besuchen würdest«, ergänzte er.

»Und mich willst du nicht dabeihaben?« Gregors Mutter lachte ziemlich angestrengt.

»Natürlich bist du mit eingeladen«, versicherte Onkel Vladi. »Es wäre mir allerdings eine besondere Freude, Gregor wieder zu sehen. Er ist mir sehr ans Herz gewachsen – mehr, als ich es in Worte kleiden kann.«

Abrupt stand Gregor auf.

»Wohin gehst du?«, fragte seine Mutter.

»In mein Zimmer.« Er marschierte zur Tür.

»Ich würde es wirklich begrüßen, wenn wir noch ein kurzes Gespräch führen könnten!«, rief Onkel Vladi ihm nach.

Wortlos schlug Gregor die Tür hinter sich zu.

In seinem Zimmer warf er sich aufs Bett und vergrub das Gesicht im Kopfkissen. Er fühlte sich getäuscht und verraten. Zuerst tat Onkel Vladi alles, um sein Vertrauen zu gewinnen, und dann ließ er ihn von heute auf morgen einfach fallen!

Gregor merkte, wie ihm Tränen über das Gesicht liefen. Mit dem Handrücken wischte er sie weg, aber sofort kamen neue Tränen.

Er biss die Zähne zusammen. Nein, er wollte nicht weinen! Nicht wegen Onkel Vladi!

Es klopfte an seiner Tür. Gregor antwortete nicht.

Es klopfte noch einmal.

»Ich bin nicht da!«, rief er.

Die Tür wurde geöffnet und seine Mutter trat ein.

»Gregor!«, sagte sie mit mitfühlender Stimme. »Sei doch bitte nicht so enttäuscht!«

Er ballte die Fäuste. »Das kann man sich nicht aussuchen, ob man enttäuscht ist oder nicht.«

»Darf ich mich setzen?«

»Wenn du willst ...«

Sie nahm auf seinem Schreibtischstuhl Platz. »Onkel Vladis Abreise kommt wirklich sehr plötzlich, auch für mich. Und seine Ankündigung, nur ein paar Stunden bevor sein Zug abfährt ... das ist weiß Gott nicht sehr geschickt von ihm gewesen.«

»Und wann geht sein Zug?«, fragte Gregor.

»Morgen früh um kurz nach zehn. Dann ist er am Montag Abend um halb sieben in Bistritz. Dort scheint ihn eine äußerst dringende Familienangelegenheit zu erwarten.«

»Eine Familienangelegenheit?«

»Ich habe nicht alles verstanden, was Onkel Vladi mir gesagt hat. Aber er hat von einem Anselm und einer Innocentia gesprochen. Sie hätten die Ringe getauscht, was wohl heißen soll, dass sie geheiratet haben. Und nun scheint in Bistritz eine sehr wichtige, unaufschiebbare Zeremonie für die beiden stattzufinden.«

»Ach, deshalb ...«, murmelte Gregor.

»Du weißt davon?«

»Nein!«, erwiderte er heftiger, als er eigentlich wollte. »Aber Onkel Vladi hat mir von Anselm und Innocentia erzählt.«

»Es ist jedenfalls recht mysteriös«, bemerkte seine Mutter. »Und vor allem deinetwegen finde ich es schade, dass es zu einem solchen Ende kommen muss, noch dazu aus heiterem Himmel.«

Sie stieß einen Seufzer aus. »Du hattest Recht, Gregor: Onkel Vladi und wir passen wirklich nicht zusammen. Im Grunde ist Onkel Vladi ein Fremder für uns.«

»Ist er nicht!«, widersprach Gregor. »Jedenfalls nicht mehr. Gerade hab ich mich an ihn gewöhnt und jetzt mag ich ihn!«

Tränen schossen ihm in die Augen.

»Ich weiß«, sagte sie besänftigend. »Und du kannst ihn ja auch im Sommer wieder sehen, wenn du möchtest.«

»Nein!« Gregor stand auf. »Ich will ihn jetzt sehen, solange er noch hier ist.«

»Das ist sehr vernünftig von dir«, lobte seine Mutter. »Manchmal muss man einfach über seinen eigenen Schatten springen.«

Ein passendes Geschenk

Onkel Vladi?« Zaghaft pochte Gregor an die Tür.

»Herein«, ertönte Onkel Vladis Stimme.

Als Gregor eintrat, fiel sein Blick auf die beiden riesigen schwarzen Koffer, die vor dem Bett standen. Erst dann bemerkte er Onkel Vladi, der in dem Korbsessel am Fenster saß. Er schien auf Gregor gewartet zu haben.

»Komm, setz dich zu mir«, sagte er.

Gregor nahm in dem zweiten Korbsessel Platz. Mit einem Schaudern musterte er das merkwürdige silberne Gefäß, das auf dem Tisch stand. Es sah wie eine Friedhofsurne aus.

»Ich kann sehr gut verstehen, dass du enttäuscht bist, Gregor«, begann Onkel Vladi. »Aber mir bleibt keine Wahl, ich muss so schnell wie möglich nach Transsylvanien zurückkehren.«

»Und warum hast du nicht gesagt, dass du gleich nach dem Schwendtag wieder abfahren musst?«, fragte Gregor.

»Hättest du mir dann auch geholfen?« Onkel Vladi schaute ihn bekümmert an, als wüsste er die Antwort im Voraus.

»Wahrscheinlich nicht.« Gregor errötete.

»Und hin und wieder ist es besser, wenn man nicht alles im Voraus weiß«, fuhr Onkel Vladi fort. »Das gilt auch für mich. Wenn ich gewusst hätte, wie gefährlich es im Grabgewölbe der Engelmann'schen Gruft werden würde, dass unsere Mission auf Messers Schneide stehen würde, weil Innocentia mich in einen völlig hilflosen Zustand versetzen und obendrein die Abwehrkräfte des Amuletts und des Marmaroscher Diamanten ausschalten würde, sodass am Ende alles von dir, Gregor, abhängen würde ... hätte ich das gewusst, glaub mir, ich wäre dieses Risiko niemals eingegangen!«

Er holte tief Luft. »Du hast mir gestern das Leben gerettet, Gregor. Aber das ist nicht der einzige Grund, weshalb ich sehr traurig sein werde, wenn ich morgen früh abreise. Ich werde vor allem traurig sein, weil ich von einem Freund Abschied nehme.«

Gregor biss sich auf die Lippen. »Aber warum musst du unbedingt abfahren?«, fragte er mit belegter Stimme.

»Meine Aufgabe ist noch nicht beendet«, antwortete Onkel Vladi. »Sie ist erst dann abgeschlossen, wenn ich Innocentias Asche und die Asche unseres Ahnherrn ihrer Bestimmung zugeführt habe.«

»Und was ist ihre Bestimmung?«, wollte Gregor wissen.

»Zunächst galt es, Innocentias Asche mit der Asche unseres Ahnherrn in der Urne zu vereinigen, die Rufina nach dem Tod ihres Gatten von einem Kunstschmied anfertigen ließ. Das habe ich getan.«

Gregor deutete auf das silberne Gefäß. »Ist das die Urne mit der Asche?«

»Ja«, bestätigte Onkel Vladi. »Siehst du die beiden Rosen, die Rufina eingravieren lassen hat?«

Gregor nickte.

»Wenn ich in Bistritz angekommen bin, muss ich einen Teil dieser Asche von jener Brücke aus, über die einst der Gutsherr in seiner schwarzen Kutsche fuhr, mit rückwärts gewandtem Kopf ins Wasser streuen«, erklärte Onkel Vladi. »So steht es in Rufinas Notizbuch beschrieben.«

»Und wieso musst du das tun?«, fragte Gregor.

»Auf diese Weise soll die letzte vampirische Kraft, die Innocentias Überresten noch anhaften könnte, vernichtet werden.«

Onkel Vladi tupfte sich ein paar Schweißtropfen von der Stirn.

»Danach muss ich die Urne mit der restlichen Asche unter Innocentias Rosenbusch vergraben. Solange das nicht geschehen ist, könnte der Fluch der Vampire von neuem belebt werden.«

Gregor erschrak. »Das wäre möglich?«

»Ja!«, bestätigte Onkel Vladi.

»Würde es dir etwas ausmachen, für einen Moment deine Hände auf die beiden Rosen zu legen?«, sagte er dann.

»Und warum?«, fragte Gregor beklommen.

»Weil du die doppelte Pupille hast. Mit deinen starken, positiven Kräften bist du in der Lage, die Urne zu versiegeln.«

»Und wie mache ich das: sie versiegeln?«

»Du brauchst nichts Bestimmtes zu tun. Du bedeckst die beiden Rosen mit den Händen und richtest deine Gedanken auf Innocentia und Anselm.«

Zögernd legte Gregor seine Hände auf die Rosen. Sogleich fühlte er ein Brennen.

»Spürst du etwas?«, fragte Onkel Vladi.

»Ja. Meine Hände werden ganz heiß ...«

»Sehr gut!« Mit feierlicher Stimme sprach Onkel Vladi jetzt einige Sätze in einer fremden Sprache, die Gregor nicht verstand.

»Du kannst deine Hände wieder zurückziehen«, erklärte er nach einer Pause.

Gregor nahm die Hände von der Urne. Verstohlen musterte er seine Handflächen, doch sie waren nicht einmal gerötet.

»Ich danke dir!«, sagte Onkel Vladi.

Mit feierlicher Miene ergriff er die Urne und stellte sie in seine Ledertasche. In diesem Augenblick hörten sie Schritte, die sich näherten.

»Gregor? Onkel Vladi?«, erklang die Stimme von Gregors Mutter. »Ist alles in Ordnung?«

»Alles ist bestens«, antwortete Onkel Vladi.

»Kommt ihr? Wir sollten uns noch ein paar gemütliche Stunden machen. Immerhin ist es unser letzter Abend!«

Onkel Vladi schaute Gregor fragend an.

Gregor nickte.

»Wir kommen«, sagte Onkel Vladi.

Doch es wurde kein besonders gemütlicher Abend. Onkel Vladi öffnete noch eine Flasche seiner Transsylvanischen Edeltropfen und sie spielten alte Brettspiele. Aber die Stimmung blieb gedrückt und angespannt.

Am nächsten Morgen brachten sie Onkel Vladi zum Bahnhof. Wie bei seiner Ankunft trug Onkel Vladi den langen schwarzen Wollumhang und den altmodischen Hut. Diesmal war es Gregor allerdings kein bisschen unangenehm, dass die Leute zu ihnen herüberstarrten. Er war stolz auf Onkel Vladi – stolz, selbst ein Rabenau zu sein!

Nachdem Onkel Vladi den Zug bestiegen hatte, reichte Gregor ihm ein in Geschenkpapier eingewickeltes Päckchen.

»Das ist für mich?«, fragte Onkel Vladi.

»Ja!«

Onkel Vladi befühlte das Päckchen. »Es ist ein Buch, nicht wahr?«

Gregor nickte.

»Oh, ein Buch!«, sagte Gregors Mutter erfreut. »Darf ich auch erfahren, welches?«

»Es ist *Dracula* von Bram Stoker«, erklärte Gregor.

»Das ist ja ein sehr passendes Geschenk!« Sie lachte. Vermutlich war sie erleichtert, das Buch bei Onkel Vladi zu wissen.

»Mit dieser Lektüre wird mir die Fahrt sicherlich nicht lang werden«, meinte Onkel Vladi. »Vor allem werde ich *Dracula* nun erst so richtig genießen können.«

Er zwinkerte Gregor zu.

Der Zug setzte sich in Bewegung.

Gregor hatte plötzlich einen Kloß im Hals.

»Willst du Onkel Vladi nicht Auf Wiedersehen sagen?«, fragte seine Mutter.

»Doch.« Er räusperte sich. »Auf Wiedersehen, Onkel Vladi!«

»Auf Wiedersehen, Gregor«, antwortete Onkel Vladi. Mit einem betrübten Lächeln fügte er hinzu: »Hoffentlich …«

»Bestimmt sehen wir uns wieder!«, erklärte Gregor. »Schließlich sind wir Freunde!«

Dabei spürte er, wie sich der Marmaroscher Diamant erwärmte, den er unter seinem Pullover trug.

ENDE

Gruseliger Lesespaß für Leser ab 8

Angela Sommer-Bodenburg

**ANTON
UND DER KLEINE VAMPIR**

Phantastische Abenteuer des kleinen Vampirs Rüdiger von Schlotterstein und seines Menschenfreundes Anton Bohnsack in der Menschen- und der Vampirwelt.

Band 1 OMNIBUS Nr. 20084
DER GEHEIMNISVOLLE PATIENT

Band 2 OMNIBUS Nr. 20086
IN DER HÖHLE DES LÖWEN

Band 3 OMNIBUS Nr. 20087
DAS RÄTSELHAFTE PROGRAMM

Band 4 OMNIBUS Nr. 20088
BÖSE ÜBERRASCHUNGEN

Band 5 OMNIBUS Nr. 20089
DIE GROSSE VERSCHWÖRUNG

Band 6 OMNIBUS Nr. 20119
DIE KLASSENFAHRT

Band 7 OMNIBUS Nr. 20120
FRÖHLICHE WEIHNACHTEN

Band 8 OMNIBUS Nr. 20128
DIE REISE ZU GRAF DRACULA

OMNIBUS
Der Taschenbuchverlag für
Kinder und Jugendliche von Bertelsmann

Henny Fortuin
Die Nacht des dunklen Mondes
160 Seiten

In der Nacht des dunklen Mondes wurde er geboren, der kleine Indianerjunge Dunkler Mond. Doch oft muss er sich einen anderen als seinen eigenen Namen gefallen lassen. Denn die Jungen aus seinem Stamm nennen ihn nur zu gern »Schmerzmädchen«. Irgendwann jedoch bekommt jeder Junge einen neuen Namen. Es ist ein großes Fest und Dunkler Mond wird in Zukunft Heulender Wolf heißen. Seinen neuen Namen allerdings muss er sich durch eine Bewährungsprobe verdienen. Ausgerechnet mit seinem ärgsten Feind Schneller Pfeil soll er sich auf den Weg machen und ein Wolfsjunges zähmen.

C. Bertelsmann
Jugendbücher

Forrest Carter
Der Stern der Cherokee
320 Seiten

Als er fünf Jahre alt ist, verliert der Cherokee-Junge Little Tree seine Eltern. Granpa und Granma nehmen ihn zu sich in ihre kleine Waldhütte. Behütete und aufregende Jahre zugleich beginnen für Little Tree. Von Granpa lernt er die indianische Lebensart und den Umgang mit der Natur. Doch dann schicken verständnislose Behörden den Jungen in ein Waisenhaus. Nur der Stern der Cherokee ist in dieser Zeit sein Trost, weiß Little Tree doch, dass er sich bei ihm in Gedanken mit seinen Großeltern treffen kann.

CB BERTELSMANN
Jugendbücher